O CICLO DAS ÁGUAS

Livros do autor publicados pela **L&PM**EDITORES

Uma autobiografia literária – O texto, ou: a vida
O carnaval dos animais
Cenas da vida minúscula
O ciclo das águas
Os deuses de Raquel
Dicionário do viajante insólito
Doutor Miragem
A estranha nação de Rafael Mendes
O exército de um homem só
A festa no castelo
A guerra no Bom Fim
Uma história farroupilha
Histórias de Porto Alegre
Histórias para (quase) todos os gostos
Histórias que os jornais não contam
A massagista japonesa
Max e os felinos
Mês de cães danados
Minha mãe não dorme enquanto eu não chegar e outras crônicas
Pai e filho, filho e pai e outros contos
Pega pra Kaputt! (com Josué Guimarães, Luis Fernando Verissimo e Edgar Vasques)
Se eu fosse Rothschild
Os voluntários

MOACYR SCLIAR

O CICLO DAS ÁGUAS

www.lpm.com.br

L&PM POCKET

Coleção **L&PM** POCKET, vol. 261

Texto de acordo com a nova ortografia.

Este livro foi publicado em primeira edição pela Editora Globo em 1975. Em 1997 foi reeditado pela L&PM EDITORES em formato padrão. Em fevereiro de 2002 foi lançado na Coleção L&PM POCKET.

Esta reimpressão: agosto de 2023

Capa: Ivan Pinheiro Machado sobre óleo de Odilon Redon (1840-1916), *La Naissance de Vénus*.
Revisão: Delza Menin, Renato Deitos e Fernanda Lisbôa
Produção: Lúcia Bohrer

ISBN 978-85-254-1218-8

S419c

Scliar, Moacyr, 1937-2011
    O ciclo das águas / Moacyr Scliar -- Porto Alegre: L&PM, 2023.
144 p. ; 18 cm -- (Coleção L&PM POCKET; v. 261)

1. Ficção brasileira-Romances. I. Título. II. Série.

CDD 869.932
CDU 869.0(81)-32

Catalogação elaborada por Izabel A. Merlo, CRB 10/329.

© Moacyr Scliar, 1975, 1997, 2002

Todos os direitos desta edição reservados a L&PM Editores
Rua Comendador Coruja 314, loja 9 – Floresta – 90220-180
Porto Alegre – RS – Brasil / Fone: 51.3225.5777

PEDIDOS & DEPTO. COMERCIAL: vendas@lpm.com.br
FALE CONOSCO: info@lpm.com.br
www.lpm.com.br

Inverno de 2023

(*Marcos*)

No começo, chove muito.

Costumo iniciar o curso com esta frase. Pouco objetiva, para um professor de História Natural? Pode ser. Mas os alunos gostam. Portanto, repito: no começo chove muito.

As águas voltam à terra, infiltram-se, desaparecem. Ressurgirão como nascentes – depois riachos – depois rios. E mares. E nuvens, e chuva: chove muito, no começo. As águas voltam à terra.

Agora não estou dando aula. Estou escrevendo. Traço no papel letras e palavras, dou nome às coisas: *ciclo das águas*. E meu nome é Marcos.

Escrevo rápido. Mas a frágil criaturinha que se forma (ou se formou) no seio das águas, esta se completa (ou se completou) muito lentamente. Anos ou séculos se passaram (ou se passarão) até que perca os contornos vagos que caracterizam as nuvens e adquira a forma definitiva. Uma forma sob a qual – no entanto – ninguém a verá.

Ninguém a verá? A ela não lhe importa. É com a chuva que tem negócios. Tecida em delicados filamentos, eis a pele que ela expõe às gotinhas miúdas – miúdas, mas muito maiores do que ela. Recebe, grata, o impacto violento, porque é de água que precisa, é na água que vive. A pele não se ressente – permanece lisa, mas coruscante, como se recoberta de minúsculas escamas.

Surge o sol e ela, não gostando do sol, torna a mergulhar. Move-se inquieta nas águas pouco profundas do riacho. Diante dela, aquilo a que chamam *detritos*, aquilo a que chamam *pequenos cadáveres*. Come tudo; *voraz*, diria, quem escreve. Ela não escreve, ela não diz nada, ela – se é que existe – é microscópica, come tudo, incorpora à sua matéria o que lhe surge pela frente. Bactérias, por exemplo.

Falo aos alunos das bactérias que vivem nas águas. *Bactéria* – o nome não lhes é estranho, escrevem-no rapidamente em seus cadernos. Incorporam-no. Mas não incorporarão Pequena Sereia: ninguém a viu, ninguém a verá, ninguém sabe dela; nem saberá. É um nome do qual não falo. Outros nomes sobre os quais calo: Gatinho, Esther.

(*Marcos, Gatinho, Esther*)

Eu nunca pensei que isto poderia me acontecer, costuma dizer Gatinho, olhando para Esther. Esther não diz nada. Esther ri, o olhar vazio.

Gatinho conta:

Madrugada de inverno. Ele volta para casa na Vila Santa Luzia. Vai triste: tentou uma mansão, chegou a pular o muro, mas foi atacado por um cachorro policial que lhe mordeu o braço e lhe rasgou a calça. Na segunda casa não chegou a entrar: da janela, o dono disparou-lhe três tiros com uma arma de grosso calibre. Vida malvada, resmunga Gatinho.

Desce uma rua deserta. Vai acompanhando o muro baixo e comprido que separa da calçada um terreno baldio.

Há um jipe estacionado na rua. Um jipe antigo, sem capota, pintado de um vermelho berrante, equipado com uma antena gigantesca (esta adornada com plumas de pavão) e pneus de tala larga. Amarrada ao capô, uma estatueta – já bem lascada – representando uma pequena sereia. Gatinho vê que a chave está na ignição. Se quisesse... Mas não quer. Já teve sua dose de sobressaltos, não vai correr riscos por causa da porcaria de um jipe velho. E além disto, guia muito mal. Não; nada de jipes. Apressa o passo.

E então:

Vi aquele troço ali na calçada (Gatinho). Sabe o que pensei? Pensei que fosse uma trouxa de roupa! Palavra, Marcos, pensei que fosse uma trouxa de roupa velha!

Roupa... Não viria mal. Gatinho anda malvestido, ultimamente; sua única calça está rasgada. Aproxima-se, cauteloso, mas interessado.

De perto constata que não se trata de nenhuma trouxa de roupa. É uma mulher.

É uma mulher, sentada na calçada. Muito encolhida e enrolada num velho xale: daí a impressão de trouxa. Não, não é trouxa. É uma mulher e parece adormecida. Estranho é o perfume que exala: perturbador... Uma mendiga perfumada? Gatinho não tem tempo para investigar. Precisa chegar à Vila antes que o dia clareie.

Não chega a dar um passo. Uma mão sai de sob o xale e agarra-o pelo tornozelo. Uma mão forte: não consegue se soltar.

Ai botina, Gatinho resmunga, é hoje que eu vou me incomodar.

Volta-se para a mulher, ainda oculta pelo xalé.

– Que é que há, dona? Não tenho trocado. Me deixa, que eu tenho de ir embora.

O xale é jogado para um lado e a mulher aparece: turbante vermelho, vestido também vermelho, grandes óculos escuros... Sorri, debochada. Não é moça, ao contrário, é bem coroa, e até velha (*Esther resmunga qualquer coisa*), mas impressiona, altaneira que é.

Como é teu nome, pergunta a mulher. A voz é rouca, áspera; é voz de quem não pigarreou, de quem não expulsou da garganta as secreções da noite. Mas a voz já foi musical, nota-se.

Gatinho não responde, não quer dar trela. Me solta, diz, tentando libertar a perna. Não consegue, a mulher se aferra a ele, agora com as duas mãos. Pelo jeito, só a tapa – mas Gatinho não quer ser bruto, não quer maltratá-la. Puxa a perna, os dedos soltam o tornozelo – mas agarram a calça. Larga a minha calça diz Gatinho, já está rasgada, vais rasgar mais ainda. Uma boa calça, de casimira; deu trabalho afaná-la de um apartamento elegante.

Ela, sorriso amável: como é o teu nome, querido? Hein, moreno? Como é que tu te chamas, gostoso?

Mas me deixa! – ele se desespera, tem de ir embora. – O que é que tu queres? Não tenho dinheiro, não tenho nada, sou um desgraçado, um ladrão, o que é que tu queres de mim, porra? Me deixa!

A mão direita continua a segurá-lo pela calça, a esquerda pega-lhe o pulso fino. Agora sim, ele está preso, está bem preso.

Vem cá, diz a mulher, sorrindo sempre. Vem cá, chega mais perto. Olha bem para mim. Ai, como ele é brabo! Tão bonitinho e tão brabinho. Parece um gatinho querendo arranhar. Sabe que tu tens cara de gatinho, bem? Como é teu nome?

Gatinho, responde, impaciente.

Não diz – o rosto se ilumina. É Gatinho mesmo? Então acertei! Acertei sem querer! Isto é sinal de sorte, Gatinho! Muita sorte, para nós dois! E bem que nós estamos precisando, não é?

Nós uma ova, geme Gatinho, tentando se desvencilhar.

Ela se levanta a custo, apoiando-se nele. Tenta abraçá-lo: mimoso, lindo Gatinho. Me dá um beijo, Gatinho.

Esta não, ele grita, mirando a boca murcha. Esta agora não! – Está horrorizado, o Gatinho; verdadeiramente horrorizado.

Mas ela agora insiste, tremendo – de excitação, ou de frio, ou de velhice, mesmo: uma velha trêmula. Trêmula, mas safada: um beijo, Gatinho, um beijo só.

Ele faz uma careta de desgosto. Está bem, mas depois eu vou embora.

Beija-a na testa.

Que é isto? – grita ela, indignada. – Que é isto?

Beijo na testa? Então eu sou doente? Então estou morrendo? Na boca, eu quero! Me beija na boca!

Tentando não aparentar repugnância – não quer mais bronca – Gatinho beija-a na boca. Um beijo rápido. Ela agarra-o pelo pescoço e força-o a beijá-la de novo.

Beijam-se, longamente.

Ai, geme Gatinho, estou perdendo a cabeça, estou mesmo perdendo a cabeça. Tenta desabotoar-lhe o vestido, não consegue, os dedos estão trêmulos, agora é ele quem treme. E ela o detém: espera, diz, piscando o olho, aqui não, aqui na calçada não.

Ele olha ao redor: ali – diz, apontando o terreno baldio. Pula o muro, ajuda-a com esforço – mas não me puxa assim, Gatinho, estás me machucando – a transpô-lo. Caem sobre o capim úmido, ofegantes. Gatinho quase perdeu a vontade. Mas agora vamos, resmunga, abrindo a calça, agora que deu tanto trabalho, vamos de qualquer jeito. Ela acaricia-lhe o rosto: querido, lindo Gatinho, garanto que não vais te arrepender, precioso.

E não me arrependi, arremata Gatinho. Até hoje não me arrependi, Marcos.

Esther não diz nada. Gatinho mexe com ela. Ela protesta, dá tapas. Já faz tempo, hein Esther? – ele suspira. – Muito tempo.

(*Esther*)

Uma distante manhã. Uma aldeia na Polônia.

Apascenta as cabras na colina. Olhar perdido no vale, entoa melodias nostálgicas.

Nota que alguém vem vindo pela estrada poeirenta. Coloca a mão em pala sobre os olhos: um homem jovem, bem-vestido. Um desconhecido. Quem será?

Os olhos se arregalam: Será possível? Será que é ele? É sim, é ele!

– Mêndele! Mêndele!

Desce a colina aos pulos, ágil como um animalzinho – tem dezessete anos:

– Mêndele! Mêndele!

É Mêndele, mesmo. É o menino que há anos foi para a América, e que nunca mais deu notícias. Agora volta homem, elegante num terno de casimira listrada. Abana-lhe, de longe, enquanto ela corre ao seu encontro. Ele vem caminhando. Devagar.

Ela chega à estrada, detém-se. Ofegante, extasiada: como Mêndele está bonito!

– Estás bonito, Mêndele!

Ele saúda-a. A voz é incolor, o sorriso triste. Ela recua, confusa. Esperava (embora a mãe sempre lhe recomendasse recato) mais: um abraço, talvez um beijo. Mas, lembra-se, Mêndele nunca foi muito efusivo. E deve estar cansado, caminhou da estação até a aldeia. Os sapatos de verniz estão sujos de poeira; na testa, o suor mistura-se ao pó, e começa a secar numa fina crosta. Deve estar com sede, o coitado.

– Vem, Mêndele – convida. – Vamos lá em casa, tu vais tomar um copo de leite, vai descansar.

Quer levar a pequena mala; ele não permite. Vão caminhando, ela fazendo perguntas sobre a América, sobre – como é o nome do país? – o Brasil. Ele mal responde. Muito esquisito, aquilo. Um fantasma pálido, empoeirado – e silencioso. Assim é Mêndele voltando.

Vão entrando na aldeia. As pessoas saem à rua, curiosas: quem é? O filho de Leib Nachman, dizem os mais informados, e cumprimentam o recém-chegado.

O pai de Esther aparece à porta.

Esther orgulha-se dele: é o *mohel* da aldeia, o homem que faz as circuncisões; é também *shochet*, faz a matança ritual dos animais. Tem fama de sábio. Todos o respeitam.

Faz-se silêncio. O *mohel* olha o rapaz. Olha-o bem, impassível. Para uns seu rosto parece alegre; para outros, melancólico; para outros, irado; para outros, angustiado. Angustiado porém resignado – para uns poucos, os mais velhos.

Finalmente o velho estende as mãos (mas não abre os braços):

– Bem-vindo, Mêndele, filho de Leib Nachman! Entra. Quero que tu sejas o meu hóspede, como teu pai o seria, se tivesse vindo.

O povo aplaude. Esther é a mais entusiasta: bate palmas, salta, ri mostrando os dentes grandes e bonitos.

Enquanto Mêndele se lava, o *mohel* dá ordens para o jantar. Quer honrar o hóspede. Vou matar uma galinha, anuncia à mulher. Mas só nos restam quatro, queixa-se a mulher. Cala a boca, diz ele, não estou perguntando, estou avisando.

Pega uma galinha e a degola, segundo o ritual, e com perícia: a ave não sofre, extingue-se em silêncio.

Ele então a entrega à mulher, que a depena e a prepara. O pescoço é recheado e levado ao forno para assar; quando estiver dourado, será retirado e oferecido ao hóspede. Fina iguaria.

Mêndele vem para a mesa com outra aparência: lavado, penteado, camisa limpa, terno escovado. Mas continua silencioso. Não diz sequer por que veio. O *mohel* não pergunta. Um hóspede não deve ser perturbado. Quando Esther quer dizer alguma coisa, o pai atalha-a com um gesto.

Os dias passam, e Mêndele vai ficando, sempre silencioso. Olha para Esther, sorri-lhe – sorriso triste – mas não diz nada. Faz longos passeios pelo campo, sempre só, sempre com seu terno de casimira listrada.

Um dia joga a um canto o casaco e a gravata. Pede ao *mohel* um par de sandálias, tira os sapatos de verniz e calça-as. E convida Esther para um passeio. Ela pergunta ao pai se pode ir. Responde que sim, o *mohel*, numa voz apagada.

Neste passeio, realizado num dia de muito sol, ela vai alegre, espiando-o pelo canto do olho, apaixonada que está. Ele, quieto como sempre.

De repente, para, puxa-a para si. Beija-a no rosto. Ela ri, confusa. Ele não ri. Ele baixa os olhos. A face se tolda, a testa se franze como se uma dor súbita o assaltasse. (Muitos anos depois ela lembrará a expressão angustiada no rosto do rapaz.) Ela toma-lhe a mão. É que o sol brilha.

(*Marcos*)

Isto; esta frase que diz que o sol brilha: a que me refiro, senão a doces sentimentos de uma adolescente judia?

Em minha aula, o sol não brilha. Leciono à noite, sob lâmpadas fracas, a um grupo de cansados estudantes. Desta sala de teto alto vejo, pelas grandes janelas, as luzes da Vila Santa Luzia. Luzes trêmulas: a maioria das malocas é iluminada a lampião.

É noite; mesmo à noite o riacho corre, na Vila Santa Luzia. Flui lento, alimentado pela água que mina de ocultos veios. Flui lento. Sujo, fétido: daqui se sente o odor.

É de riachos que falo em minha aula sobre o ciclo das águas. Mas não é ao riacho da Vila Santa Luzia que me refiro. Estou pensando em claros cursos d'água; estou pensando em regatos murmurantes, atravessando belas paisagens. Estou pensando na Polônia; estou pensando em Esther e em seu namorado Mêndele.

(*Esther*)

Passeiam pelo campo. Ele tornou-se de súbito loquaz: fala da vida da aldeia, pobre e monótona, e de sua vida na América: ganho, afirma, muito dinheiro; posso me casar contigo, posso te sustentar, posso te dar uma vida de rainha, na América.

Rainha! Rainha na América! Rainha Esther! Ela ri. Irá com ele para onde ele quiser. Posso falar com teu pai? – pergunta o rapaz, e ela nem consegue responder: abraça-o, chorando.

Mêndele vai falar com o *mohel*. Esther, a mãe, os irmãos menores espreitam da cozinha. Mêndele e o *mohel* sentados à mesa, frente a frente.
A mesa foi o *mohel* mesmo quem fez.

(Uma noite, ele não podia dormir. Certos demônios o atormentavam... Levantou-se, vestiu-se, pegou o machado, foi ao bosque. À luz da lua examinou as árvores, murmurando baixinho palavras incompreensíveis. Escolheu dois grandes pinheiros. Abateu-os a golpes vigorosos. Despojou-os da galharia. Preparou as toras. Arrastou-as, ele mesmo, até a casa. Cortou-as em tábuas, que secou numa estufa improvisada, cujas chamas alimentava com o escasso carvão disponível. E não falou com ninguém, enquanto trabalhava.
Secas as tábuas, aplainou-as, lixou-as. Serrou, pregou – a mesa tomando forma. Ficou pronta numa sexta-feira.
A família toda ajudou a carregá-la para dentro de casa. Cobriram-na com uma toalha branca, colocaram os pratos e os talheres, o castiçal. Esther acendeu as velas, o pai abençoou o vinho; a mãe, o pão. Sentaram e comeram.)

Sentados, os dois, olhando a mesa. Mêndele levanta a cabeça e diz que quer casar com Esther.
O *mohel* não responde logo. Aperta o copo de vinho nas mãos enrugadas, olha a mesa. Nas tábuas antes lisas surgiram sulcos, entalhes: sinais. A testa do homem se franze. Mêndele espera a resposta.

Finalmente o *mohel* levanta os olhos. Sim, diz uma voz débil, quase imperceptível. Sim, repete, numa voz mais audível, vocês podem casar, têm a minha bênção. Sim! – quase gritando. Sim!

Esther não se contém, vem correndo da cozinha beijar o pai. Obrigado, paizinho! Sou feliz, paizinho! E que festa linda será, paizinho! Tu vais matar dez, quinze galinhas. Vamos comer peixe – a cabeça estará reservada para ti, meu rei, meu paizinho!

É uma festa bonita, mesmo. Toda a aldeia participa. A sinagoga está iluminada; no salão ao lado, a mesa do banquete.

Vem um fotógrafo. Um homem magro, estranho, contratado por Mêndele.

Monta a sua máquina. Ah! Alguns recuam temerosos; nunca viram um aparelho daqueles.

O fotógrafo faz seis chapas.

A primeira mostra o noivo, sentado numa cadeira. Ao lado, de pé, a mão no ombro dele, a noiva. O noivo, de chapéu, está sério. A noiva sorri.

A segunda mostra a noiva com sua família. O pai, o *mohel*, está de óculos; na manhã daquele dia a armação tinha se quebrado, mas ele a amarrara com uma fita. A luz se reflete nas lentes – o *mohel* parece cego. A mãe de Esther, os irmãos, sorriem. O *mohel* não.

A terceira mostra os convidados em torno à mesa. É uma chapa muito benfeita: os detalhes aparecem nítidos. Vê-se, numa travessa, um peixe. Vê-se a boca entreaberta do peixe, o olho. Nota-se mesmo certo brilho nas escamas.

A quarta mostra a todos dançando. A noiva, com seu vestido branco, foi retratada no meio da roda, um pé – descalço – no chão, outro pé – também descalço – no ar. As mãos, sobre a cabeça, bateram, ou vão bater, uma palma: *clap*. Ao fundo, o noivo... Não se distingue bem o rosto. Mas é o noivo, sim: por causa das minúsculas flores na lapela. É o noivo, sim.

A quinta mostra mãe e filha abraçadas.

(Logo depois a mãe tomaria a filha pela mão e a arrastaria para fora; lá, sob uma macieira, tentaria dar conselhos, não conseguindo: emocionada demais, estaria.

Mas a filha adivinhava o que a mãe queria dizer: vocês vão tomar o trem, filha, vocês vão para um camarote; ele, o homem, vai te beijar, na testa, na boca, no pescoço – primeiro suave, depois voraz. Ele vai te tirar as roupas, ele vai te tomar nos braços. Ele vai te colocar no beliche. Ele vai apagar a luz, o trem correndo dentro da noite. Ele vai te acariciar os seios, ele vai deitar sobre ti, ele vai te abrir as pernas com as pernas dele. Filha!

Chorava demais e não conseguia dizer nada, mas as coisas que ela diria Esther já sabia, do tempo em que olhava fascinada os bodes e as cabras, e os camponeses polacos com as mulheres, nos celeiros, nos trigais... Consolou a mãe, fingiu-se de triste. Mas estava alegre. Sorria para o espelho do quarto.)

A última foto mostra-a sozinha, olhando para a câmara. Sorri.

O homem que recebeu esta foto pelo correio

também sorriu. Guardou-a no bolso e olhou pela janela. O que via?

(*Marcos*)

Vila Santa Luzia: aglomerado de construções clandestinas, onde falta quase tudo!
Chama a atenção o número de ceguinhos – três – devotos, sem dúvida, da santa. Estão organizados em um conjunto musical.
Diz o Deputado Deoclécio: é gente corajosa, canta, apesar de tudo, e mantém bem alto o moral. Fossem todos como estes cegos!
Os ceguinhos: nos prometeram água e não tem água. Luz? Só de lampião. E quando chove tudo isto vira um lamaçal. Esgoto? O riacho aí. Como é que vocês sabem, ceguinhos? – pergunta um repórter. Riem: sabemos muita coisa, moço, somos viajados, já andamos por este mundo afora, de carroça, de

(*Esther*)

trem. O noivo sentou-se à janela, fumando e olhando para fora. E era meia-noite, e era uma hora – nada. Mêndele parecia não dar pela presença dela. Esther, ansiosa a princípio, o coração batendo forte, foi aos poucos se encolhendo no banco. Por fim, adormeceu. Acordava sobressaltada, via Mêndele sempre fumando, sempre olhando para fora. Não a beijou. Nem sequer a tocou.

No dia seguinte conversaram um pouco, leram. Quando chegou a noite ele foi para o vagão-restaurante enquanto ela, no camarote, chorava. Por três razões: fúria & decepção & vergonha.

E aí já não falou mais com ele, e assim chegaram a Paris.

Eis-nos, ele disse, na Cidade Luz, em Paris! Ela não queria saber de nada. Estava frustrada demais. Paris! Grande merda, Paris.

Foram para um hotel. Bom hotel; o gerente tratou-a como uma rainha, acompanhou-os até o quarto.

Ela tirou o chapéu e deixou-se cair numa poltrona, exausta. Ele de repente pareceu muito animado, cantava, falava muito; disse que estavam na capital do prazer, que precisavam se divertir. Propôs irem a um cabaré. Ela não queria, estava cansada, mas ele insistia, rindo e fazendo caretas, dançando pelo quarto – parecia louco – e ela então acabou concordando, sabendo que o *mohel* não gostaria daquilo, não gostaria nem um pouco, mas tendo esperança que o cabaré talvez mudasse as coisas: dançariam de rosto colado e depois voltariam para o hotel e ele a beijaria na testa, na boca, no pescoço – primeiro suave, depois voraz. Vorazes, os dois. Apaixonados, como devem ser os jovens esposos.

O cabaré era um lugar enfumaçado e barulhento. Uma orquestra tocava alto. Mêndele conduziu Esther a uma mesa, apresentou-a a mulheres bem-vestidas e muito pintadas, a homens elegantes, morenos, de bigodinho. Contavam anedotas picantes – em iídiche, em francês, em polonês – riam muito. Esther ria também, um pouco contrariada.

Veio champanhe, um homem levantou a taça e propôs um brinde aos recém-casados. Esther bebeu, engasgou-se; riram dela, deram-lhe tapas nas costas.

Mêndele levou-a para dançar: uma valsa. Giraram pelo salão, ele cantarolando em voz alta. Não respondia às perguntas de Esther. Não olhava para ela. E não dançava bem.

De repente Esther viu-se nos braços do homem do brinde. Quis soltar-se, não pôde, o homem a segurava firme – mas sorria, e dançava muito bem. Era bonito: cabelos bem penteados, reluzentes de brilhantina, olhos escuros, irônicos. Fez-lhe perguntas em iídiche sobre a Polônia, sobre a viagem. No começo ela não quis responder; depois sim, depois respondia, conversava muito. Estava tonta, bem tonta.

Dançou com muitos outros. Dançou até com uma das mulheres da mesa, uma magra, de olhos maquilados e lábios finos. Voltava à mesa, enchiam-lhe a taça.

De madrugada, saíram todos do cabaré. Embarcaram em dois grandes carros pretos – ela ia num, Mêndele no outro, mas a esta altura já não lhe importava ficar separada do marido. Rodaram pela cidade adormecida, chegaram a um bairro bonito, aristocrático: belas casas no meio de parques.

Os carros atravessaram o portão de uma mansão antiga e detiveram-se à porta, onde os esperava um mordomo. Os casais foram entrando, abraçados. Deitavam-se nos sofás, nos macios tapetes brancos de pele de urso; se amavam entre risos.

Esther parada no meio da grande sala.

Seu olhar se desvia das bocas entreabertas, dos seios brancos, das pernas peludas; seu olhar vagueia pela grande lareira de mármore, pelos vasos chineses. Seu olhar se fixa num abajur.

A base desta curiosa peça é constituída por uma estatueta: pequena sereia, em mármore. Ela segura na mão erguida uma lâmpada protegida por um globo de vidro fosco. Cambaleando, Esther se aproxima, mira curiosa os detalhes do rosto delicadamente trabalhado. A boca, constata, se entreabre num sorriso discreto, um pouco tímido, um pouco triste; mas os globos oculares, representados como superfícies esféricas, lisas, vazias de qualquer expressão, dão à face um ar obsceno. Contraste ainda mais chocante: seios pequenos, delicados – e uma cauda escamosa, enrodilhada sobre o recife. Cauda de grande peixe.

(*Marcos*)

Sobre riachos falo aos alunos, mas sobre a Pequena Sereia, não: as águas que ela habita são outras. À noite, após a aula, volto para casa e tiro da gaveta a pasta azul. Folheio o que escrevi; sob meus olhos fatigados a Pequena Sereia adquire vida; descrita embora em má prosa, ela evolui em águas límpidas. Graciosa criatura!

(*Esther*)

Esther olhando a estatueta, o homem do brinde aproxima-se dela. Alto e bonito, sorri. Abraça-a.

Beija-lhe o pescoço. *Vai-te!* – empurra-o. Sorrindo sempre, ele começa a desabotoar-lhe o vestido. Ela, imóvel, olha-o.

Vê Mêndele, parado perto da porta, os olhos esgazeados postos nela. Estende a mão – mas o homem já a arrasta para um sofá. Mêndele, murmura. O homem deita sobre ela. Já não vê mais Mêndele. O que vê é o teto, lá no alto, decorado com figuras sorridentes: pastoras e sátiros. Mãe, é o que ela quer gritar. Mãe. Não grita: o homem beija-a com fúria. Vira o rosto. Mas de repente já não resiste: beija-o também. Sente a mão dele entre suas coxas. Estremece...

Quando acordou, o homem tinha ido embora. Alguns casais dormiam, no chão, nos sofás.

Mêndele estava parado diante dela, imóvel.

Vamos, Esther – disse, a voz apagada. – Vamos para o hotel.

Ela se levantou, vestiu-se lentamente. Caminhou, cambaleando, para a porta. Deteve-se, voltou, pegou pela cintura a sereia do abajur. O fio atrapalhou-a; com um golpe, arrancou-o da tomada.

Saíram. Caminharam pela larga alameda. No portão, esperava-os um carro. O chofer abriu a porta de trás.

Esther entrou, sentou-se, a estatueta no colo. Olhou ainda uma vez a Casa dos Prazeres. Depois recostou-se no banco e adormeceu.

(*Marcos*)

Deitado, fumando.
Minha mulher entra no quarto. Que houve, Marcos? – Inquieta-se por mim, por meus silêncios. Senta na beira da cama e me olha, ansiosa; que houve?
Nada, digo, estou pensando, Elisa, só isto.

(*Esther*)

No hotel sentou-se na cama, ficou imóvel, em silêncio. Mêndele, de pé, fumava. De repente, pôs-se a falar; disse que podia explicar tudo, que Esther compreenderia.
Ela tranquilizou-o. Está bem, disse: está tudo bem, Mêndele.
Levantou-se, foi até o espelho. Via uma mulher bonita, com um brilho ousado nos olhos. Isto era o que ela via, e ficou satisfeita. Voltou-se para Mêndele, sorrindo. De ânimo brincalhão, puxou-o para dançar; ele foi, meio desajeitado, meio rindo, sem saber o que fazer. Ela chegava-se a ele, beijava-o. Tentou seduzi-lo, ele resistiu. Ela esbofeteou-o, gritou, chorou; ele sempre de pé, imóvel, a cabeça baixa. Ela atirou-se à cama e adormeceu.
No dia seguinte viajaram para Marselha, onde ficaram algumas semanas, hospedados numa mansão semelhante à Casa dos Prazeres, porém menos luxuosa. Mêndele sumira. Esther ficava conversando, em iídiche, com as mulheres da casa, uma das quais

ensinou-lhe um pouco de francês. O homem do brinde também apareceu por lá. Ele é bonito, pensou Esther. Dormiram juntos várias noites, o homem elogiou-a: fêmea notável.

Mêndele reapareceu, com passagens para Buenos Aires num paquete italiano. Quis explicar o motivo da viagem, mas Esther interrompeu-o com um gesto: não queria saber mais nada. Tinha se transformado, naqueles poucos dias; sua voz se tornara baixa e rouca; no navio, andava pelo *deck* de cabeça erguida, arrogante, desafiadora, sorrindo para os homens. Não permitiu que Mêndele ficasse com ela no mesmo camarote: nunca se sabe, querido – disse, piscando um olho.

Mêndele passava mal.

Começou a vomitar logo no início da viagem, não conseguia levantar do beliche. Esther tinha pouca paciência com ele: levava-lhe sopa, chá; mas uma vez esbofeteou-o porque ele não queria comer, atirou pela escotilha a xícara de consomê. Arranja-te sozinho, disse.

Os gemidos de Mêndele chamaram a atenção dos passageiros, que avisaram o médico de bordo. Este encontrou um homem em mau estado, queixando-se de forte dor no peito. Tinha febre alta e tossia. O doutor diagnosticou pneumonia: fez uma sangria. Ajudado por uma relutante Esther – esta sujeitando o doente – fez-lhe no braço uma incisão com o bisturi. Cerca de meio litro de sangue saiu dali, um sangue escuro que fluía lento e ominoso.

(*Marcos*)

O riacho, pensou Leitor Preocupado; deve ser ali que eles evacuam: breve as águas cristalinas estarão escuras e fétidas. Sim, tenho de guardar esta frase para a próxima carta: *breve as águas cristalinas estarão escuras e fétidas*. E não posso esquecer que as malocas já são dezenas.

Leitor Preocupado dirigia cartas aos jornais queixando-se da Vila Santa Luzia. O *fedor é insuportável!* Verdade; quando as janelas da sala de aula estão abertas, o vento traz da Vila um desagradável cheiro de fezes. Eu, particularmente, estou habituado, porque faz parte de minha profissão lidar com estas coisas; mas imagino o que não deve sofrer uma pessoa sensível como Leitor Preocupado.

Perdi o apetite, declarou em uma das cartas.

Sim. É compreensível. Pode-se até adivinhar o que ocorreu:

No prato de ensopadinho viu um lago de águas turvas onde boiavam pedaços de carne. Olhando bem de perto, reconheceu ali – e com horror – minúsculos cadáveres! Cachorrinhos de milímetros. Cavalinhos igualmente pequenos. Mortos, mortinhos, flutuando e deslocando-se lentamente num líquido de aparência sinistra que parecia, ele sim, animado de existência própria. Convulsões abalavam sua superfície fazendo sumir algumas das pequenas carcaças e revelando outras. Ocorreu ao Leitor Preocupado que aquilo no prato era uma criatura viva: julgou distinguir olhos...

São estas emanações que me intoxicam! – escreveu. *Não posso mais suportar isto! Minha vida não vale mais nada, desde que estes malfeitores vieram para cá! Já não sei mais o que fazer! Não me controlo! Sou um homem habitualmente pacato, mas já cheguei a desejar, em instantes de maior desespero, que os maloqueiros morram todos. Que se esvaiam em diarreia. Que queimem de febre.*

(*Esther*)

Mêndele pareceu acalmar-se; mas naquela noite piorou muito. Esther saiu a procurar o médico; encontrou-o no salão, onde se realizava um baile, dançando com uma bela oriental. Dos braços dessa mulher Esther arrebatou-o; conduziu-o pelos estreitos corredores, cambaleando os dois, porque o navio jogava muito.

O médico examinou Mêndele, aplicou três injeções, uma atrás da outra, e disse qualquer coisa que Esther não entendeu, mas adivinhou: Mêndele estava mal, muito mal, ia morrer. O doutor já fechava a maleta, já ia saindo. Esther tentou retê-lo; ele curvou-se, elegante, e sem nenhuma palavra, abriu a porta e desapareceu no nevoeiro.

Esther fechou a porta. A sós com o moribundo, deu-lhe um súbito desespero. Sacudia Mêndele, interrogava-o: o que deveriam fazer em Buenos Aires? a quem procurar? onde? E depois: *o que vai ser de nós, Mêndele?*

Mêndele não respondia. Estava morrendo; suor frio, nariz afilado, lábios secos e gretados, estava morrendo, estava mesmo morrendo. Ai, ela gritava, o que vai ser de mim? Me acuda, mãezinha! Um ronco, um estertor e depois o silêncio: Mêndele estava morto.

De manhã apareceu o Capitão. Lançou um olhar ao cadáver, disse a Esther que lamentava muito; muito, mesmo. Depois, pigarreando, explicou que havia certas complicações com o cadáver; por causa da doença, disse. Esther suspeitou de outras razões, mas não tinha vontade de discutir; o Capitão pediu licença para jogar o corpo ao mar, ela concordou. Fizeram aquilo de madrugada: dois marinheiros atiraram sobre a amurada o corpo enrolado em lona. Ela assistiu a tudo, silenciosa, os olhos secos.

Naquela noite não; mas na seguinte sim, dormiu com o médico, um russo simpático, de barba negra, um aristocrata que lhe sussurrava ao ouvido doces palavras em polonês, enquanto o grande navio cortava as ondas rumo à América. Ela mergulhava o rosto na grande, na cheirosa barba, doida de prazer, ah, meu Deus, eu não sabia que era tão bom! Turbilhão de prazer.

Quisera ter Mêndele ali, ao pé do leito. Quisera rir-lhe na cara aparvalhada. Mas Mêndele estava morto, e ela chorava de prazer, de dor, de prazer de novo. Era bom, era bom demais. Tinham razão as despudoradas camponesas polacas... – Mais! – pedia. Chega, disse o médico, tenho de voltar a meu camarote.

Enquanto ele penteava a barba, Esther fazia perguntas. Queria saber como era a América, como era Buenos Aires, se os argentinos eram índios, que língua falavam. Já verás, dizia o médico, rindo.

Dois dias depois o paquete chegou a Buenos Aires.

Ela esperou que os passageiros desembarcassem. Da escotilha via uma multidão. Pessoas que se abraçavam e se beijavam, rindo e/ou chorando. Não eram índios, ela viu logo.

Aos poucos o cais foi se esvaziando.

Ela pegou as malas e a estatueta da sereia (o globo de vidro já se tinha quebrado, então) e desembarcou. Ficou parada junto à escada, indecisa, esperando não sabia o quê. Sentiu-se desamparada; teve vontade de rezar, mas não rezou. Não rezava mais. Não era digna. Se o pai, o santo *mohel* soubesse que –

Um homem veio caminhando em sua direção. Um homem moço, bonito: cabelos pretos cuidadosamente penteados, óculos escuros (disfarçando decerto um olhar atrevido), bigodinho. Elegante: sobretudo cinza sobre terno de casimira azul com riscas brancas. Manta de seda branca, displicentemente jogada sobre os ombros largos. Sapatos de verniz que reluziam a cada passo. Bengala com castão de prata.

Dirigiu-se a Esther, primeiro em espanhol, depois em iídiche. Sim, disse ela, meu nome é Esther. Eu sou Leiser, ele disse; Luís, como me chamam aqui.

Perguntou por Mêndele. Esther contou o ocorrido e começou a chorar, de medo que o homem a acusasse da morte do rapaz.

Mas Leiser não disse nada. Tomou-lhe a mala e dirigiu-se ao portão. Esther seguiu-o até um grande carro preto, cujo chofer aguardava perfilado.

Atravessaram a cidade, chegaram a um casarão num subúrbio pouco habitado. Parecido com o palacete de Paris – notou Esther. De uma janela, mulheres muito pintadas apontavam para ela, cochichavam, riam. Esther: riem? Também rio. Ria.

(*Marcos*)

Isto agora que escrevo não é um projeto. Mas já tive um projeto – um esboço de projeto, pelo menos. Cheguei a levá-lo ao Rio. Cheguei a expô-lo, num almoço, ao Diretor de uma Fundação.

Rio, novembro, 17 (1962). O prato principal do almoço é creme de milho. O milho: Grãozinhos amarelos. Quanto ao creme, trata-se de uma substância branca, mais para o líquido do que para o gelatinoso. Uma colherada deste creme, no prato, dá origem a um montículo arredondado que logo se desfaz pelo próprio peso, se espalha, aumenta em superfície, diminui em profundidade. Neste processo emergem mais grãos de milho, até então ocultos no seio do creme. O amarelo brilhante aparece velado pela película esbranquiçada. É fácil, com um dente do garfo, limpar o grão desta película, mas por baixo há outra, o verdadeiro invólucro da semente, contínuo – a não ser na base do grão, no lugar onde a faca o decepou da espiga.

Quando da mastigação, a película se esvazia de seu nutritivo conteúdo e fica, como um farrapo, presa no interstício de dois incisivos. Ali está ela, entre os dentes do diretor da Fundação, que se inclina para a frente e diz, os olhos úmidos do vapor ou de ternura:

– Rapaz... Conheci uma mulher em Porto Alegre... Que corpaço!

Soluça. Pega o copo de vinho e esvazia-o num trago.

(*Esther*)

Entrando nos segredos da Casa dos Prazeres – organização dedicada ao *tráf. de branc*. Identificando Leiser – ou *Luís el Malo* – como o chefe para o ramo latino-americano da *org*. Identificando, retrospectivamente, Mêndele como agente da Casa; mas – dúvidas – amara-a, ele? Por que não consumara o casamento? E de que teria morrido? De amor?

Fazendo amizade com outras mulheres, judias, como ela, da Polônia, da Rússia. Descobrindo por que Buenos Aires: aqui há dinheiro, disse-lhe uma russa, há muito homem e pouca mulher.

Aprendendo artes de amor, e o tango; o tango, gostando muito do tango. Vestindo-se bem, preferindo muito o couro, o macio couro das reses argentinas. E peles. Tomando champanhe com fazendeiros do interior e com ricaços da capital.

Mirando Leiser, furtiva. Desejando-o. Querendo beijá-lo, mordê-lo; querendo apanhar dele, se preciso; de látego, até. *Luís el Malo*: terror das mulheres da casa.

(Vive delas, mas despreza-as. Quer, sabe-se, ser um grande negociante. Um empresário. Um amigo de políticos. Se eu tivesse juntado um capital, já teria me livrado destas vagabundas, diz a quem quer ouvir. Mas não acumula nada. Estroina, joga tudo nos cavalos. Perde sempre.)

Pensando no corpo de Mêndele no fundo do mar. Livre da lona, dançando nos braços de sereias, ao sabor das correntes?

Escrevendo à família, contando da morte de Mêndele. Mas – acrescentando – não se preocupem, estou em casa de parentes dele, me tratam muito bem; gosto deste país, já estou trabalhando na casa de uma família judia, segue dinheiro.

Sonhando com o pai. O *mohel* de pé junto à cama dela – leito impuro – apontando-a com dedo acusador, declarando-a maldita. Acordando em prantos, mas logo – ao ver o sol – sorrindo. Espreguiçando-se.

Olhando com curiosidade as mucamas, raparigas indiáticas: *de onde son ustedes? Del sur, señora.*

Abortando, uma vez.

Correndo enlevada pelos jardins da casa, cheios de flores.

Surpreendendo uma conversa de Leiser com a gerenta: a Casa tinha sido denunciada ao governo argentino pela *Ezrat Nashim*, uma organização judia da Inglaterra que estava decidida a acabar com o *tráf. de branc*. Teriam de fechar por uns tempos.

Navio, outra vez. Ela, Leiser, e mais duas.

(*Marcos*)

Falo aos alunos sobre o mar. É parte do ciclo das águas e eles gostam, mas alguns já estão sonolentos. Mesmo o rapaz que é jornalista e escritor, o aluno a quem um dia eu talvez mostre certo relato. Penso que ele talvez gostasse de minhas imagens poéticas mas está quase dormindo! Pena. Sabe lá para onde o conduziriam certos devaneios.

(*Esther*)

Para onde vamos, Leiser? – ela se atreveu a perguntar. Para Porto Alegre, ele disse; uma cidadezinha no sul do Brasil. Parecia aborrecido e Esther resolveu não incomodá-lo.

Da amurada do barco viu a cidade de Porto Alegre; pareceu-lhe pequena, de fato, mas simpática.

Acho que vou gostar daqui, disse às outras. Riram dela. Achavam-na tola, uma aldeã boba, sempre agarrada à estatueta da sereia. Ah, se soubessem, pensava Esther despeitada, se soubessem do doutor russo... Fechava os olhos, as narinas dilatadas. Estremecia de excitação.

O navio atracava. O ano era 1929.

No cais, foram recebidos por dois homens – bem-vestidos, mas mal-educados. Olharam-na, atentos, os dois, como a avaliá-la; sem um cumprimento, sem nada, afastaram-se com Leiser para um canto, discutiram em voz baixa. Por fim, os papéis desembaraçados, mandaram que Esther embarcasse num carro preto. Leiser e um dos homens entraram também. As duas mulheres e o outro homem embarcaram em outro carro. Arrancaram, tomando direções opostas.

A organização mantinha, em Porto Alegre, dois bordéis. Esther foi destinada ao melhor deles, situado numa zona alta, de poucas e antigas mansões. Era um casarão em pedra cinza, com ares de passada nobreza, cercado por um muro alto. O grande portão de ferro trabalhado era guardado por um homem fardado.

Esther tinha um quarto só para ela: larga cama com dossel vermelho, cortina da mesma cor; na parede – e no teto – espelhos. Reproduções de quadros: a *Maja Desnuda*, e outros.

Da janela, Esther avistava duas outras mansões; mais abaixo, ao longo de um riacho, algumas casinhas de madeira. Ali viviam os empregados do bordel.

A casa tinha três andares. Nos dois de cima estavam os quartos das mulheres. O térreo estava dividido em duas partes; na frente ficava o vestíbulo e o salão luxuosamente decorado, com pista de danças e bar; nos fundos, e com entrada independente, funcionavam os escritórios de Leiser.

Ali, fumando cigarros que extraía de uma cigarreira de ouro, Leiser atendia seus emissários – e também gente importante, figurões que entravam em grandes carros e desciam com o chapéu puxado sobre a cara. De sua janela, Esther via bengalas com castão de prata, empunhadas por mãos peludas, de dedos cheios de anéis. O que faziam ali? Era curiosa, ela. Passeando pelo fundo da casa arriscava uma espiada pela janela. Uma vez viu Leiser contando dinheiro; pilhas de notas e moedas, algumas de ouro. Contava e anotava, contava e anotava, num caderno de capa escura, que depois guardou numa gaveta chaveada.

Outra vez viu Leiser rezando, com o chale e o livro de orações e os filactérios colocados nos braços. Movia os lábios com fervor, inclinando-se na direção do oriente, na direção da distante Jerusalém; e era uma lágrima que lhe corria pelo rosto? Esther não pôde ver. Pouco se sabia a respeito daquele homem ainda jovem, mas amargo, feroz; diziam, as mulheres, que era de uma família de bandidos, gente de Odessa; um dos irmãos tinha sido preso, outro se juntara aos bolcheviques. Quando da Revolução, Leiser preferira fugir com o pai – matando-o depois numa desavença a respeito de tóxicos. Era o que diziam; seria verdade? Esther não perguntava; e o que via, não comentava com ninguém.

No começo, não despertava muito a atenção dos frequentadores da casa, em sua maioria ricos fazendeiros da fronteira. É que tu ainda estás um pouco magra, disse a gerente, examinando-a; eles aqui gostam de mulheres gordas, fortes, de coxas grossas.

Ordenou-lhe que se fornisse. Esther obedeceu sem nenhuma mágoa: comia churrasco de rês gorda com muita farinha de mandioca, comia salada de batata com bastante pão, tomava cerveja. Arrematava com uma caixa de doces de Pelotas. E ficava a se palitar, satisfeita. O busto, o traseiro, arredondavam-se, apetitosos.

Pintava-se muito, também. Usava pó de arroz Coty, um batom bem escarlate, sombras negras ao redor dos olhos. O cabelo, antes castanho, estava oxigenado e frisado. Como em Buenos Aires, vestia-se bem, mas preferia agora a seda.

A seda: no Oriente, lagartas devoravam folhas de amoreira, trituravam ávidas as nervuras verdes; elaboravam secreções que, expostas ao ar, transformavam-se em delicados filamentos, os quais as lagartas diligentemente enrolavam em casulos; mas destes se apoderavam homens pequenos e amarelos, para mergulhá-los em água quente. Solta, a matéria diáfana ia para as tecelagens, onde era tratada e transformada num tecido macio que, enfardado, atravessava o oceano no porão de um navio para chegar, enfim, à cidade de Porto Alegre – onde Esther vivia agora uma suave rotina: dormia toda a manhã; à tarde, fazia compras numa e noutra loja, conversando com os comerciantes, sempre amáveis com aquela boa freguesa. Ou então ia à costureira, provar vestidos – ai, como sua pele gostava da seda! Se acariciavam, pele e seda.

Esther: bela, alegre, bem-vestida, a mais querida do bordel. Era a escolhida para os torneios de amor organizados pelo velho Mathias. Os fazendeiros confiavam nela: não é mentirosa, diziam, como estas chinas daqui.

Mas ela mentia, sim. Mentia para proteger o velho Mathias, fazendeiro respeitado, pai do jovem advogado Deoclécio, também frequentador da casa. Mentia porque o velho lhe dava presentes – pulseiras, colares – mas também por pena: diz para eles, Esther, que eu dei três, pedia o fazendeiro, e Esther concordava, piscando o olho. Abria a porta que dava para o salão e anunciava: o senhor Mathias deu três. Três! Aplaudiam-no quando ele saía, abotoando as calças, um sorriso meio forçado: ora, amigos, não foi nada.

O velho convidou-a a visitar uma de suas estâncias, na fronteira com a Argentina. Esther aceitou, apesar da ordem de Leiser, de que mulher nenhuma dormisse fora da Casa. Ele não manda em mim, disse

Esther às assustadas mulheres que procuravam dissuadi-la. Mandou que o fazendeiro a apanhasse numa manhã de domingo, bem cedo (como o pai, o velho *mohel*, ela não viajava aos sábados).

Foram, no grande Oldsmobile do fazendeiro: três dias de viagens por estradas poeirentas. Esther se impacientava; mas finalmente chegaram, e a visão dos campos imensos, do gado de raça pastando nas coxilhas e da majestosa casa em estilo colonial arrebatou-a. Abraçava e beijava o velho Mathias, que sorria. Esperavam-nos peões e empregados – ao todo mais de cinquenta pessoas. Estão às tuas ordens – ele disse –, querida Esther.

Naquela noite houve churrasco em homenagem à moça da cidade. Enormes postas sangrentas assavam nos espetos, na churrasqueira armada no campo. As chamas iluminavam as faces impassíveis dos peões. Um ventinho frio fazia Esther se arrepiar, sob o vestido de seda. O fazendeiro aproximou-se com algo esbranquiçado e fumegante espetado na ponta de uma faca. O que é isto? ela perguntou. Come, disse o velho, a voz estrangulada. Ela comeu. Coisa boa, disse; o que é? Testículos, disse o fazendeiro, rindo; os bagos de um touro que os peões castraram. Ela riu também, riu tanto que se engasgou. De repente sentiu-se mal; deu como desculpa a viagem, correu para casa, jogou-se na enorme cama que lhe tinham preparado. Uma empregada apareceu, perguntou se ela precisava alguma coisa. Não, disse, me deixa, quero ficar sozinha.

Queria chorar, e chorou; até de madrugada, quando adormeceu. Um sono pesado. Acordou assustada;

sentado numa cadeira de balanço ao lado da cama o velho Mathias olhava-a, a face muito serena. Isto tudo é teu, Esther, ele disse. Vais ficar morando aqui, o capataz da estância cuida de tudo, é homem da minha confiança. E a tua família, perguntou Esther. Ele apontou pela janela:

– Lá. Na outra estância. A uns cem quilômetros daqui. Não é longe, posso vir todos os fins de semana.

Mas Esther não queria. Preferia o bordel, a cidade. Tu é que sabes, disse o fazendeiro, triste. Ela o consolou: ora, Mathias, lá estou mais à mão. Tu é que sabes, ele repetiu.

Ficaram mais alguns dias na estância e voltaram. Ela já estava gostando de testículos assados.

É boa a vida, pensava, comendo bombons licorosos. Hum! Se fechavam de prazer: os olhos.

(*Marcos*)

Sonolentos, olhos congestos, os alunos espiam disfarçadamente os relógios. Compreendo-os: é chata, uma aula teórica. Mesmo quando versa sobre o ciclo das águas.

Já fui um professor mais animado. Já pensei em pesquisa.

Uma vez levei meus alunos ao riacho da Vila Santa Luzia: um pequeno curso de água suja entre margens barrentas.

Mas o que viemos fazer aqui? – perguntava um dos alunos, apontando um monte de lixo (trapos, latas enferrujadas, galhos de árvore, jornais velhos, gazes sujas, ferros retorcidos).

O que viemos fazer aqui? – uma aluna indignada. – Fede, este riacho. Acho que esta gente até defeca aqui!

Precisamente, eu disse. Vamos examinar a água deste riacho. Vamos pesquisar micro-organismos... É o trabalho deste semestre, eu acrescentava.

Suspirando, colhiam amostras de água turva e fétida. Das janelas das malocas nos olhavam, curiosos, os moradores da Vila. Gurizinhos nos atiravam pedras. A mim, pouco importava: eu logo estaria espiando, sôfrego, pela ocular do microscópio.

(*Esther*)

– Dona Esther.
Abre um olho, irritada. É a empregada.
– Tem um homem aí, quer falar com a senhora.
– Comigo?
– Ele diz que é com a moça judia. Só pode ser a senhora.
– Mas são duas horas da tarde! – protesta Esther. – A casa não abriu, nem fiz a digestão direito...
– Mas ele quer falar. Diz que é urgente.
Esther levanta-se, espreita pela fresta da porta. No corredor está o homem – baixinho, gordo, calvo, olhando para todos os lados, muito assustado.
Esther abre a porta.
– Quer falar comigo?
O homem estremece.

– Ah, sim... é a senhora, a patrícia?

Um judeu. *Cosa muy rara.*

(Com a comunidade judaica Esther não tem nenhum contato. Recusam-na.

Uma vez ela vai ao cinema Baltimore. Quer assistir a um filme iídiche: *Uma Carta da Mamãe*. Sabe que é um filme bom, um filme triste. E quer chorar um pouco.

Toma um táxi. Chega cedo; mas já uma pequena e barulhenta multidão comprime-se diante da bilheteria. Quando ela se aproxima, faz-se silêncio; à sua passagem, afastam-se. Ela vê uma senhora gorda cuspir no chão. Vê uma senhora nervosa murmurar qualquer coisa ao ouvido do marido. Mas não se perturba. Avança até a bilheteria, compra seu ingresso.

– Vamos embora! – diz uma voz esganiçada, de mulher. Ela não se volta para ver quem é. Entrega o bilhete ao porteiro e entra. E é no cinema quase vazio que ela soluça, enquanto vê, com olhos turvos, as cenas tristes – tão tristes quanto esperava; e tão verdadeiras!

Nunca receberá uma carta de sua mãe. A mãe decerto está morta; encerrada num caixão de pinho, decompõe-se lenta sob a terra da Polônia, enquanto longe, em Porto Alegre, a filha sofre. Mãe, por que me deixaste? – grita. – Por que fizeste isto com tua filha?

O porteiro vem, de lanterna em punho, adverti-la de que se aquiete – ou será posta na rua. Contém-se, a custo. Termina a primeira sessão do filme e ela sai. Abrem caminho para ela, viram a cara, cospem.)

Sim, sou eu a moça judia, diz Esther, e convida-o a entrar no quarto.

O homem não larga o chapéu, que roda nervoso entre os dedos; nem tira o sobretudo embora esteja suando. Não sabe como começar, hesita, gagueja, mas Esther já imagina o que dirá: tenho um filho, a senhora sabe, um bom rapaz, mas tímido, já está com vinte anos e não foi com mulheres, então eu vim falar com a senhora, sei que a senhora é uma moça judia, uma boa moça, e para o meu filho quero só o que é bom, o melhor –

Está bem, suspira Esther. Onde está o rapaz? Aí fora, diz o homem, vou chamar ele já.

Sai pelo corredor num passinho curto, apressado. Esther volta para o quarto, recosta-se na cama. Acende um cigarro. Expulsa a fumaça com um bufido. Está irritada – vê se isto é hora de descabaçar guris! Mas sua raiva passa rápido. Relaxa, fecha os olhos.

Minutos se passam, ou horas. Chega a dormitar, sonha com colinas verdejantes. Pequeno cabritinho a balir, assustado.

– Boa tarde...

Abre os olhos: é o rapaz.

Não é feio. É bem bonito, até. Parecido com o pai; como o pai, usa óculos; mas é mais alto. Bonito. Olhos verdes. Pele bem lisa. Coradinho. Bonito, muito bonito.

– Como é teu nome, moço?
– Rafael.

Pausa embaraçada.

– E o da senhora?

Ela ri:

– Senhora? Que é isto? Deixa de lado essas cerimônias, Rafael. Me chama de Esther.

(Ainda tem o sotaque carregado, a Esther. E já faz três anos que está em Porto Alegre. O ano: 1932. O mês – interessa? – julho. A hora: três e dez. A hora talvez interesse um pouco, dá uma medida do grau de hesitação de Rafael: vacilou das duas e pouco às três e dez. A temperatura: treze graus e dois décimos. Interessante, porque apesar do frio, Rafael suava.)

Convida: vem cá, Rafael, senta aqui, ao meu lado. Ele se aproxima mas não senta.

– A senhora... Quer dizer... Tu... Tu parece que és da nossa religião... Não é?

Ai, que ela está gostando dele. Ai, que ela está gostando muito dele! Estende-lhe os braços:

– Vem, gostoso.

Se atira sobre ela, beija-a com fúria. Calma, ela diz rindo, calma, Rafael, vamos tirar primeiro a roupinha.

Ele arranca de si a roupa. Mas fica de sapatos.

– Não queres tirar os sapatos?

Não quer. Por quê? – ela, divertida. Tuas meias estão furadas? Ou é por causa do chulé?

Ri. Rafael fica vermelho; mas não tira os sapatos. Vais me sujar a colcha, ela protesta, e nota que começa a se irritar; é temperamental, esta mulher, esta Esther, mas é esperta: gosta do rapaz, não vai botar tudo a perder por causa de uma bobagem. Cobre a colcha com uma toalha.

– Vem.

Está bem ereto, este rapaz que um dia será engenheiro; mas é inábil no manejo de sua ferramenta... Esther tem de guiá-lo com cautela. É que, tateando às cegas, ele só consegue encontrar o umbigo. Esther o ajuda: aqui, meu bem, mais para baixo.

E, mais para baixo: que concerto harmonioso! A força dos metais, contraposta à modulada, ágil suavidade das cordas! Lindo concerto, com *grand finale*.

Depois, deitados lado a lado, ele ria: eu andava pelo umbigo, imagina! Umbigo: relíquia mumificada, cova rasa. Umbigo: cego, ceguinho. Ele ria. Sentia-se bem, agora.

Na toalha o esperma secava. Milhões de pequenas criaturinhas agitavam-se nos seus últimos agônicos movimentos.

Diante deles, a estatueta da sereia sorridente: peitos empinados. Olhar vazio.

(*Marcos*)

Uma variedade de bactérias eu encontrava naquelas águas. E ovos de parasitos. E larvas diversas, e vermes da água doce.

O que me deixava um pouco decepcionado.

Mas – o que esperava eu encontrar ali? Uma pequena sereia? Uma minúscula sereia a olhar, aterrorizada, para o meu olho (que lhe apareceria como enorme superfície esférica, negra, brilhante, cercada de uma iridescente auréola verde – o Planeta Desconhecido)?

Ora. Eu simplesmente encontrava o que um professor de História Natural deve encontrar quando examina, ao microscópio, água poluída.

Meu nome é Marcos. Professor Marcos. Tenho trinta e dois anos. Formei-me há seis anos; há cinco leciono nesta pequena Faculdade – e também num colégio particular e num cursinho pré-vestibular. Tenho de me virar porque com mulher e dois filhos a coisa não é fácil – embora minha mulher também lecione, é caro o sustento de uma família, e do automóvel, e a prestação do apartamento.

Me lembro com saudade da época em que tinha livres as noites. E as tardes, e as manhãs. Um adolescente em férias, eu era.

(*Esther*)

Rafael passa com ela as manhãs, as tardes, e mesmo algumas noites.

Quer ficar ali, na cama, nu – sem sapatos – a cabeça aninhada entre os seios; a cabeça procura sempre o vale tranquilo. Esta cabeça pensa muito, murmura Esther, acariciando a cabeleira revolta. De fato, é uma mente inquieta, sempre perdida em estranhos devaneios. Faz poemas, o rapaz; declama-os andando de um lado para outro no quarto. Esther não compreende muito bem as complicadas palavras. Ri quando não é para rir, aplaude antes do final. Ele fica furioso, quer ir embora, mas ela o acalma, atrai-o com doces sussurros: vem, cabritinho, vem cá. Ele vem, a contragosto; deita junto dela, a cabeça rola pela suave colina, tomba no vale e lá fica: adormece. Quando acorda, é para o amor. É insaciável, o jovem Rafael.

Esther às vezes se inquietava: não tens de ir à Faculdade? Hoje não tenho aula, respondia, evasivo. Então toma, dizia Esther dando-lhe dinheiro, vai comprar livros, vai ler. Não quero te ver aqui desocupado, sem fazer nada.

Ele saía, voltava com um pacote de livros. Abria um, abria outro, abandonava-os, impaciente. Caminhava de um lado para outro, nervoso, murmurando coisas, os olhos cheios de lágrimas. Ela confortava-o como podia; e procurava manter a própria cabeça no lugar. Não brincava com o trabalho: à noite expulsava-o, gentilmente, da casa, mandava-o ao cinema ou ao Treviso. Ele ia, relutante.

Mas logo depois, estando ela no quarto com um comerciante ou com um doutor, a empregada batia à porta, passava-lhe um bilhete: *Preciso falar urgente contigo. Cabritinho*. Manda esse safado embora, sibilava Esther, eu ainda mato esse desgraçado.

Às quatro da manhã, exausta, ela assomava à janela: lá estava o rapaz, as mãos enterradas no bolso do sobretudo, o cigarro no canto da boca. Sobe, gritava ela desesperada, sobe, não fica aí no vento! Ele olhava-a longamente, triste e desafiador, jogava o cigarro no chão, dava-lhe as costas e se afastava devagar.

Tombavam sobre ela, de uma vez, todas as desgraças! Desamparada, abandonada por todos, o que podia fazer, senão chorar?

Chorava.

Para isto sentava na cama, o olhar vago, a boca entreaberta, as mãos abandonadas no regaço. Deixava-se embeber pelo sofrimento, por dolorosas lembranças: o pai, a mãe, os irmãos. A respiração se acelerava, o corpo se agitava num tremor convulso. O pranto vinha então como um benéfico aguaceiro: bom, chorar. As lágrimas lavavam-na, chorava até adormecer.

De manhã, batidas na porta: ele. Corria a abrir, abraçavam-se, choravam de novo, juntos, pediam-se perdão, iam para a cama. Era bom, então; era bom quando se reconciliavam.

Mas enquanto ela dormia, perseguida pelos fantasmas da aldeia, ele examinava, testa franzida, o olhinho que lhe tinha surgido na cabeça do pênis – olhinho choroso, melancólico; mas debochado? Temia a sífilis. O que ele mais temia era o olho maligno da sífilis.

(*Marcos*)

Gosto de olhar seres vivos ao microscópio.

É uma cena que precisaria ser fotografada, ou pintada: o jovem professor ao microscópio. Os dois olhos estão abertos embora o microscópio, um velho aparelho, tenha apenas uma ocular. O olho direito fita o nada. O olho esquerdo brilha; vê bactérias, este olho, portanto reluz: de alegria e de ternura.

Tenho pelos seres microscópicos um genuíno afeto. Deveria odiá-los? Não sei. Causam doenças, é verdade, mas doenças interessam aos médicos e eu não sou médico, sou um naturalista. Fiz vestibular para a Faculdade de Medicina, como muitos, e fui reprovado – como muitos. O fato de ter recorrido à História Natural depois deste fracasso não me despertou rancor contra o microscópio. Aprendi a gostar das criaturinhas que vivem em águas poluídas. Surpreendem-me e até me deliciam com suas formas insólitas. Meu olho brilha, eu sei. Brilha demais – como um sol. (Como um sol? E não tenho medo de secar a gota d'água? Não: porque um olho é, ele mesmo, uma grande gota de líquido, alimentado pelo corpo com fluxos sutis, e contida num invólucro permanente. A altas temperaturas – num forno crematório, por exemplo – o olho, ainda arregalado de pavor, é instantaneamente desidratado e reduzido a uma fina poeira no alvo soquete da órbita.)

(*Esther*)

O olho do *mohel* fixado nela: é o pesadelo que a atormenta, que a faz agarrar-se ao seu Rafael. Ninguém vai te tirar de mim, geme. E há motivos para gemer; há motivos para temer.

A casa era administrada por uma mulher grande e gorda, chamada Brendla. Capanga de Luís, diziam as mulheres; temiam-na. Não Esther, que a enfrentava de igual para igual. Várias vezes Brendla chamara-a ao escritório para adverti-la de que a ligação com o rapaz, com o Rafael, era coisa irregular, mau exemplo para as outras; a família dele estava ameaçando... A Esther pouco se lhe dava. Era a bela da casa, a que melhor dançava o tango, a que organizava o torneio dos fazendeiros.

Uma noite o próprio Leiser veio falar com ela. Entrou no quarto e foi logo dizendo: acaba com isto, manda o guri embora – mas era bonito, aquele Leiser! Bem-vestido, os dentes perfeitos, os olhos escuros faiscando. Esther não respondia, amuada; mas bem que queria deitar com ele. Não desprezava as carícias desajeitadas do seu menino – as mãos trêmulas dos velhos sim – mas um homem como Leiser, na força da idade, calmo, bem controlado – ah, queria, sim.

Mas Leiser estava ali para tratar de negócios. Estás me criando problemas, disse, seco. Que problemas? – ela queria se fazer de ingênua (com Leiser? Fútil tentativa).

Olha aqui, mulher – ele se aproximava, dedo em riste – vou falar claro. Manda o rapaz embora. Vai ser melhor para ti, para ele, para todo o mundo. Já me incomodei bastante por causa deste assunto. Ontem veio uma comissão de senhoras –

(Comissão de senhoras. São as gordas? São as nervosas? São as que andam com o nariz franzido, de cheirar bosta? São as que ficam fazendo tricô e falando da vida alheia? São as frígidas? São as de sovaco cabeludo? São as que cheiram a alho? São as que recheiam galinha? São as mães do povo? E a minha mãe, onde estará? Por que não me escreve? Esqueceu a sua filhinha?)

Suspira.

– Está bem, Leiser. Vou dar um jeito. Amanhã falo com ele.

Hoje, diz Leiser, batendo com as luvas na mão. Hoje. Quero este assunto resolvido hoje.

Ai, Leiser – ela sorri. – Como és brabo!

Olham-se. Ela, intimidada, pretende entretanto estar à vontade. Ele, impassível. Uma mão segurando as luvas. A outra, agora, no bolso do sobretudo.

O que há naquele bolso? Uma soqueira? Uma fina corda de seda? Um revólver de cano curto? Uma cápsula com veneno? Uma navalha?

O que ela mais teme é a *navalha*, arma terrível, capaz de desfigurar o rosto num só golpe. Mas ela também aprenderá a manejar armas brancas. Pensa em *punhal*.

Leiser verá. Antes e depois. *Sem* e *com*. *Sem punhal*: ordens absurdas, interferência brutal num amor que apenas se inicia. *Com punhal*: a liberdade, através de um ferimento apenas perceptível, do qual brotam, discretas, algumas gotas de

(*Marcos*)

Água escura e fétida? É assim a água do riacho da Vila Santa Luzia, a água que eu examino ao microscópio? Sim. E não.

Mina, como um claro filete, de um olho esperto, oculto entre pedras e vegetação. Flui límpida, mas – sim, logo fica turva. Do lixo e dos dejetos que lhe lançam. Turva, porém, só até certo ponto, marcado como *A* no mapa que esbocei. Escura e podre depois de um outro ponto, que denominei ponto *B*. Entre *A* e *B* a água apresenta-se diferente. Ainda flutuam ali os detritos, mas ela, neste trecho, se apresenta pura, cristalina.

Acocorado à margem do riacho, observo a estranha metamorfose das águas. É como se houvesse um filtro invisível – constato, espantado. Nunca tinha visto nada semelhante. Nem em livros.

Mais adiante, meus alunos coletam a água. Vão investigar a presença de micro-organismos – é o trabalho prático do mês. Procuram os trechos mais sujos. Raciocinam: quanto mais poluição, mais micro-organismos; e quanto mais micro-organismos observados e descritos, maior a nota. Têm razão. Querem passar de ano. Querem se formar, querem ter uma profissão. Querem ganhar a vida.

(*Esther*)

Não estou brincando, diz Leiser, a mão na maçaneta. Isto aqui não é só um *rendez-vous*. É uma organização. Há muita gente atrás de nós, muito dinheiro, muitos negócios importantes. E não vou botar as coisas a perder por causa de uma vagabunda.

Sai, batendo com a porta. Deixa uma Esther raivosa, ruminando ideias de vingança.

Adquire o punhal no dia seguinte, de um contrabandista. Uma bela arma: cabo de madrepérola, ricamente trabalhado. Extraída da bainha revela uma lâmina longa, afiada. O homem adverte-a: é preciso saber lidar com isto, dona. Oferece-se para adestrá-la. Esther aceita, encantada. Já não precisará temer o Leiser. Marcam encontro na casa do contrabandista, para daí a dois dias.

Ela não chega a ir. Adoece.

Adoece, de estranha modorra. Uma mulher encontra-a atravessada na cama, os olhos revirados, balbuciando coisas incoerentes. Não sabe que horas são, não sabe se é dia, se é noite. Não reconhece quem entra no quarto, se Brendla, a empregada, ou o velho Mathias.

Vocês me envenenaram, diz, a voz pastosa. Vocês botaram uma coisa na minha bebida. Vocês querem me tirar o rapaz, por isso me envenenaram. Rafael! Onde é que estás?

Percebe, confusamente, que Rafael não aparece. Há quantos dias? Estará fazendo exames? Estará doente? Quem sabe é preciso ir à casa dele?

Mas a cama a prende... Ela agora habita este território morno, de almofadas coloridas, de lençóis manchados – não permite que a mucama os mude. É bom, ali. É bom dormir. Se sonha que estão botando no leite um pó branco que a torna apática e sonolenta – que é que tem? Tudo é sonho. Abraça amorosamente o travesseiro, chama-o de cabritinho, mira curiosa o inseto que atravessa o tampo de mármore, da mesinha de cabeceira. Onde vai o bichinho, com tanta determinação? Mal se fez a pergunta, já não quer saber a resposta. Prefere dormir, e dorme.

Finalmente Rafael aparece.

É ele sim; não é sonho, embora ela mal consiga abrir os olhos. É o Rafael em carne e osso, parado diante dela, imóvel – mas o que está fazendo que não a abraça? O que houve com o rapaz?

– Vem, Rafael!

Levanta-se com esforço, puxa-o para si, força-o a deitar a seu lado na cama, de roupa e tudo. Adormece pensando que ele não mais sairá dali...

Não sabe que já o perdeu.

(*Rafael*)

Estão cuidando dele, pai, mãe e irmãos. Estão a vigiá-lo, como o vigiaram quando era um guri enfermiço que dava trabalho para comer.

Fugiu de casa, é certo; subiu-lhe à cabeça o esperma imaturo. Fascinado pela diabólica mulher, desmanchava-se em sorrisos para ela; aos pais apresentava-se como uma estátua de superfície escura: uma cara impassível, arrogante.

Ah, mas era só aparência. Os gritos, o choro, os apelos da família pouco a pouco fizeram rachar a dura casca. Desfeita a carapaça, quem é que apareceu? O bom menino de sempre. Infeliz, claro. E doente: tinha no pênis a marca da mulher – um cancro sifilítico.

A família se apressa. Levam-no para casa, despem-no, limpam-no das crostas que ainda se agarram à pele quente e macia. Chamam o médico, que recomenda severa abstinência sexual e prescreve injeções de bismuto.

Do esperma, a impura se apossou. Guardou-o dentro de si (Que fique com ele! – a família indignada).

(*Marcos*)

Na bolsa das águas.
Muitos anos depois, tomando banho de imersão, ele fechava os olhos e suspirava: na bolsa das águas... Lá é que eu estava bem.

(*Esther*)

Dentro dela: água esperta. Água ardente. Água viva. Sorri, confortada. Está tranquila. Sonolenta...

De repente, um sobressalto. Teve um mau sonho. Rafael a abandonava, fugia num trem...

Sonho? Abre os olhos, assustada: Rafael não está na cama. Nem no quarto.

Do salão vêm vozes abafadas. Discutem, baixinho mas irados – quem? Todos. Estão todos ali: o pai, a mãe, a irmã, o cunhado, a tia. O pai, Esther já sabe: gordinho, calvo, de sobretudo. A mãe – gorda e gigantesca? – claro, gorda e gigantesca. A irmã, chorosa. O cunhado, comerciante, conciliador. A tia, uma cadela raivosa. Rafael? Está sozinho, o menino, contra a quadrilha!

Ela tem de saltar da cama, ela tem de correr para o salão, mesmo nua como está. Ela tem de combatê-los. Fora daqui, seus ratos nojentos, deixem o rapaz, deixem Rafael, ele é meu!

Não consegue se levantar. Está paralisada, a mão crispada segura inutilmente o lençol, sem forças para afastá-lo. Tem de assistir, impotente, à batalha. Mirando o teto.

É alto, o teto. Quatro metros deve ter o pé direito do quarto. É de madeira; as tábuas são do tipo macho e fêmea. O lado macho – este mesmo sistema o pai usou para fazer a mesa – encaixa no lado fêmea, e é por sua vez encaixado. Muitas tábuas, uma ao lado da outra, penetrando e sendo penetradas, formam o forro.

Foram pintadas de azul-claro – e seria uma coisa muito fria, muito desmaiada (e até triste, porque a tinta já começa a descascar), não fosse a guirlanda de pequenas rosas silvestres e, mais importante, os anjinhos barrocos, gorduchos, sorridentes, brincando nos quatro cantos: ciranda num canto, jogo da peteca noutro, ciranda noutro, jogo da peteca noutro.

Ele vai embora. Rafael vai embora.

Acabou de dizer. *Está bem, eu vou com vocês, mas não me incomodem mais.*

Fala baixo, diz o cunhado, ela vai acordar. Ela não acorda, diz o Rafael, ela tem um sono de pedra, eu conheço o sono dela. E acrescenta: vou lá no quarto pegar as minhas roupas. Deixa tuas roupas, diz a irmã (a irmã é nervosa, já esteve internada), deixa as tuas roupas, eu te compro roupas novas, deixa tuas roupas lá com ela, é tudo coisa suja. Por que deixar minhas roupas? – está gritando, o Rafael; está gritando mesmo. A irmã, ansiosa: ai, meu Deus, e se ela acorda? Não acorda, grita Rafael, ela não acorda, já disse que não acorda, tem um sono pesado, a mulher.

Entra no quarto. Seu olhar furtivo dá com os olhos de Esther, os olhos abertos que fitam o forro. Hesita; um instante só. Dirige-se para o guarda-roupa, abre as portas de par em par – rangem, mas ele não se importa – arrebanha suas roupas, enfia-as de qualquer maneira numa fronha. E se vai.

Descasca, a pintura do teto. Descama como uma pele doente. Uma lasca de tinta azulada pende de uma tábua, presa por um filamento de teia de aranha. Parece uma longa unha. A corrente de ar gerada pela porta ao se abrir agita-a – sobressalto – mas agora ela gira, apenas, lentamente, em torno de si mesma.

Chora. A princípio um choro manso, depois gritos espantosos, golpes nas paredes.

Quando se acalma, divisa, deformada pelas lágrimas, uma sombria figura. É Leiser. Eu te avisei, ele diz, acendendo um cigarro.

Ela tateia debaixo do travesseiro. Encontra o punhal. Soergue-se, arroja-o contra Leiser.

Erra, por mais de metro.

Ele recolhe a arma do chão, examina-a. Interessante, murmura. Aproxima-se da cama: toma, diz, está aqui o teu punhal.

Ela se levanta, e aí leva o primeiro murro. Cambaleia, cai, tenta erguer-se. Os socos e pontapés se sucedem.

Mas ela ri, a boca ensanguentada. (É que está pensando na sacanagem que prepara para Leiser e a Casa: vai engravidar, vai ter um filho. Vai abrir o seu próprio bordel. E um dia matará Leiser com aquele mesmo punhal.)

No dia seguinte procura o médico que as mulheres do bordel lhe indicaram. Trata-se do melhor obstetra da cidade, um professor. Um homem alto e distinto, de óculos. Examina Esther com o cenho franzido: não está gostando daquela cliente, nota-se. Esther também não está gostando dele, mas não se importa: não o quer para cama, quer saber se está mesmo grávida. Dois longos dedos de uma mão protegida com luva de borracha se introduzem na vagina; é impassível que o doutor lhe diz: sim, a senhora está grávida. E acrescenta: mas eu não tiro.

Quem disse que eu quero tirar? – grita Esther, pulando da mesa. Quem disse? – no seu português arrevesado. Pensa que eu sou uma vagabunda qualquer? – Sacudindo o dedo na cara do Professor, que recua um passo: calma, minha senhora.

Ainda resmungando, Esther enfia as calcinhas de finíssimo algodão e senta na cadeira que o médico lhe oferece. Vou lhe receitar umas vitaminas, ele diz. Isto agora é outra conversa – ela sorri.

Segue rigorosamente as prescrições, faz dieta, exercita-se. Já no terceiro mês não quer trabalhar; não atende aos homens que a procuram – nem o velho Mathias, nem os fazendeiros, nem os doutores. Mas aceita presentes. E dinheiro também, em troca de um que outro beijo.

Fica deitada, fitando o teto, um leve sorriso nos lábios. No olho, dentro de seu olho, flutua graciosa uma frágil criaturinha. É um homenzinho: ela divisa com alegria o minúsculo pênis. Parecido com Rafael; adivinha-lhe os traços. E até os óculos! Ri: um feto de óculos! Dentro dela, cresce, segura, a bolsa das águas.

(*Marcos*)

Água límpida, cristalina – do ponto *A* ao ponto *B*. A partir daí, água escura, fétida. Por quê?

É a pergunta que se faz, o Professor Marcos, andando de um lado para outro em seu apartamento da João Pessoa, afastando impaciente de seu caminho a velha empregada, que quer lhe servir o jantar. É a pergunta que se faz, ora sentado à escrivaninha, rabiscando minúsculas figuras femininas, ora sentado no vaso, olhando as sombras das árvores na janela do banheiro, ora diante do espelho.

Não lhe desgosta a imagem que vê ao espelho. A fisionomia é calma, os óculos lhe dão um ar sereno. O rosto é o de um pesquisador...

Suspiro. O bafo se condensa no espelho; com a ponta do dedo, ele desenha ali um naviozinho, e se afasta. E tão logo se afasta, o navio se desfaz, como um fantasma. Ele já não pensa no navio, pensa no mistério daquela água.

O que se passa no riacho da Vila Santa Luzia?

Preciso saber. Preciso saber, porque é um fenômeno inusitado, porque pode ser aplicado ao campo do saneamento básico, porque pode me tornar um cientista famoso, porque pode me dar muito dinheiro – um dia.

Mas tudo isto – um dia. Agora, preciso saber – porque preciso saber. Porque quero saber.

Eu sempre quis saber. Nunca acreditei nas histórias da mulher que me criou: que meu pai tinha morrido, etc. Quando os meninos debochavam de mim, no Grupo Escolar, e eu chorava – não era por causa deles, não; chorava porque não sabia quem era meu pai e queria saber. A professora me pegava no colo e me contava histórias: a da Pequena Sereia e outras. Mas não eram contos que eu queria, era a verdade. A história verdadeira. A minha história natural.

A natureza não tem segredos – é só questão de investigar. Lá vai o Professor Marcos com seus alunos, para a Vila Santa Luzia. Vão a pé, descendo o morro, conversando animados – os alunos. Marcos, o solitário, vai na frente, caminhando pela estradinha estreita, esburacada e poeirenta. Crianças sujas e mulheres desdentadas assomam às janelas das malocas, olham-no com suspeição, as testas franzidas. Ninguém corre ao encontro dele, aos pulos. Não é bem-vindo, ali.

Chegando ao riacho, Marcos distribui os alunos ao longo do curso d'água, dá-lhes as instruções. Senta numa pedra, acende um cigarro.

Os alunos trabalham. Coletam a água em frascos, fazem anotações. Ao redor, curiosas e apreensivas, as ranhentas crianças da Vila.

Uma ideia ocorre a Marcos. Chama uma menina: vem cá, guria: tens diarreia seguido? Não responde, recua temerosa. Marcos oferece-lhe uma bala; ela pega, tímida. Tens diarreia seguido? – repete Marcos. A menina olha-o sem entender. Diarreia – insiste Marcos – desarranjo, não sabes o que é?

Ah, isto ela sabe. E faz que não com a cabeça. Não tem diarreia. Nunca? Nunca.

Marcos faz a mesma pergunta a um mulatinho. Não, ele também não tem diarreia. Outro mulatinho: também não tem diarreia. Bebem a água do riacho, e não lhes faz mal.

Chama uma mulher. Comadre – pergunta (apontando para um ponto entre *A* e *B*) – por que a água aqui é limpa e mais adiante não é? A mulher olha para a água, olha para Marcos, olha para a água de novo – aparentemente a pergunta nunca lhe ocorreu. Sacode a cabeça e vai-se, rindo.

Outra mulher se aproxima, uma lavadeira. Marcos repete a indagação. A lavadeira pousa a trouxa no chão enlameado e desanda a falar. Narra uma história comprida, alguns falam até em milagre, garante.

Passam os três ceguinhos, passa um homem velho, assobiando. Marcos chama-o, indaga sobre a água. Ah, meu senhor – diz o homem, assustado – eu não sei de nada, não tenho nada a ver com esta questão.

(*Esther*)

Brendla chama-a para uma conversa. Assim não pode ser, Esther – diz, inquieta. – Vamos ter de resolver este problema.

Que problema? – ela se faz de boba.

É que não recebes mais os fregueses, diz Brendla,

está todo o mundo falando. Se Leiser souber, ele me mata.

Ora, diz Esther, acendendo um cigarro – eu não tenho vontade, Brendla. O que é que tu queres que eu faça?

Quero que faças o aborto, diz Brendla. Conheço uma parteira muito prática –

Nada disto – corta Esther.

Esther! – Brendla agora está apavorada. – Esther, filhinha, não podes fazer isto, ter um filho, é uma loucura, me ouve, ouve uma mulher mais velha do que tu, uma mulher que podia ser tua mãe, eu só quero o teu bem, me escuta –

Agarra-se a ela. Esther empurra-a: chega! Não tem aborto, pronto!

Sai, batendo com a porta.

Vai procurar Jaci, uma empregada da casa que também está grávida. Jaci é prática, dá-lhe conselhos. E serve-lhe de confidente. Jaci é uma mãe para ela. Passam os dias conversando.

Uma noite tem um sonho. Ela e Jaci, deitadas na mesma cama, dão à luz ao mesmo tempo. É tal a confusão de cobertores e lençóis ensanguentados, que uma das crianças morre sufocada. Aterrorizadas, elas tentam salvar o outro bebê, um menino. Chega Leiser: de quem é esta criança?, ameaçador. Elas não querem responder, ele saca a navalha. Vai cortar o nenê em duas metades – como o Rei Salomão... Mas ele não é o Rei Salomão! É um bandido!

Acorda, sobressaltada. Passos na escada; logo após, violentas batidas na porta.

– Esther! Abre!

É ele: o Leiser, o bandido. Não responde. Alucinada, salta da cama, joga algumas roupas na valise, abre a janela, rola pelo telhado do alpendre, arranhando-se toda, cai no pátio.

Foge, perseguida pelo latido dos cães.

(*Vila Santa Luzia*)

Margeando o riacho, voltam à casa os três ceguinhos. Orienta-os o cheiro da água: aqui há um cachorro morto... Aqui, lixo...

Passam por um trecho sem cheiro nenhum. Já estão acostumados, mas sempre é um choque: caminham vacilando, com medo, até que – ah, lixo de novo! – reaparecem os odores.

E aí já estão em casa. Entram. O de melhor olfato para, segura os outros dois:

– Tem alguém na nossa casa. É uma mulher.

– Hum... O perfume é bom...

Procuram-na. O do bom olfato acha-a logo:

– Está aqui, deitada na nossa cama! Está bem quieta na nossa cama!

– Está morta? – pergunta outro, assustado.

– Não – diz um terceiro, que é o de melhor tato. – Está quente... Mas toda frouxa: ou está desmaiada ou ferrada no sono.

Toca o rosto:

– Bonita.

Os seios:

– Ui, coisa boa...

A barriga:

– Mas está prenhe! Olhem só, está prenhe!

Esther acorda, salta da cama:

– Tarados! Já daqui, seus ordinários!

O mais velho:

– Não tenha medo, dona. Somos ceguinhos, gente de boa paz. Pode usar a nossa cama, fique à vontade. A gente se ajeita.

Ela se acalma, torna a se deitar.

De manhã, os ceguinhos oferecem-lhe uma caneca de café. Aceita. Em sinal de gratidão, arruma a casa para eles. E sai a procurar um lugar para morar.

Na própria Vila Santa Luzia, Esther consegue arranjar um bom refúgio: a casa da parteira.

Trata-a bem, esta velha que já esteve melhor na vida, antes de se meter em complicações por causa da lei. É de bom coração, cozinha para Esther que, contudo, não tem apetite: o rosto parece o de uma caveira. Mas a barriga cresce. Cresce bem, cresce firme.

Às vezes tem dores e grita em português; ou em polonês, em francês, em espanhol. Sabe que é rebate falso. Quando chamar em iídiche pela mãe – aí sim, será a hora do parto.

Uma noite acorda gritando: *oi mame, mame*!

A parteira vem correndo, e só tem o trabalho de aparar a criança, um menino. Quando a estrada é larga a carreta anda depressa, resmunga, cortando o cordão umbilical com a tesoura.

Esther descansa, exausta, feliz. Nos próximos dias terá muito a fazer. Porque é um menino: é preciso circuncidá-lo. O que é isto? – pergunta a parteira, e quando Esther explica, se apavora: coisa de loucos! Vão capar o bichinho! Só estes malvados, mesmo: mataram Cristo e agora vão capar o guri.

Esther explica que não se trata de capar. Vão só tirar a pelezinha que fabrica o sebo. Daí em diante o menino será limpo, puro. Mas continuará bem homem. Filho meu tem que ser macho! Está orgulhosa.

Procura o *mohel*, o homem da circuncisão. Este, a princípio, resiste; não quer fazer a circuncisão no filho de uma impura, de uma mulher que vive na boca do povo; teme por sua própria reputação. Mas é tal o desamparo da pobre Esther que ele acaba concordando; afinal, ela é filha de um *mohel*. Não só fará a circuncisão, como providenciará, para a cerimônia, o *miniam*, o *quorum* necessário de homens.

(*Marcos*)

Sou pele e mucosa.

A pele agora é fina, rosada; um dia ficará seca e engelhada. A mucosa é rósea e úmida e assim ficará para sempre, um pouco menos úmida, um pouco menos rósea, talvez.

Pele e mucosa se encontram. É ali, na delgada praia, que algo vai acontecer. Algo tramam.

O que, não sei. Não sei de nada. Estou aí, encarangado – larva, ainda; meio feto, meio embrião. Me agarram, fazem com que eu me apresente, nu, atarantado. Ai! Me retraio, assustado. Me agarram de novo, dedos fortes, dedos que sabem o que querem.

O frio do metal na pele, e logo em seguida o talho. Pele e mucosa sangram juntas, misturam seu lancinante sofrimento. Eram vizinhas, apenas? Agora se unirão para sempre. Os dedos férreos as agarram como pinças, unhas molhadas em iodo as esmagam uma contra a outra, uma na outra. É a união sagrada, o *Brith Milá*. Dor atroz, insuportável –

Parou.

Parou de cortar, parou de rasgar, parou de esmagar, o diabo. Agora me enrolam gazes. Me recolho à toca, pobre animal ferido que sou, pobre estropiado.

Mas agora tenho um nome: me chamo Marcos.

(*Esther*)

Na sua hesitante letra em iídiche:

"Queridos pais, vocês não responderam a minha última carta e eu nem sei se receberam, mas não importa, conto tudo de novo. Como eu disse na outra carta – mas nem sei se vocês a receberam – Mêndele infelizmente morreu na viagem de navio; teve uma doença muito grave, o médico fez tudo para salvá-lo, mas não deu. Deus me ajudou, e eu cheguei bem aqui, os amigos de Mêndele me receberam nesta cidade de Porto Alegre, uma cidade muito bonita, parecida um pouco com Lodz onde papai me levou uma vez, lembra papai? Eu já não me recordo direito de Lodz, mas quando vi esta cidade pensei, é parecida com Lodz. Aqui não tem nada do que falavam na Europa, não há índios, mas também não se encontra dinheiro na rua; porém, como eu disse antes, Deus me ajudou e eu me casei com um amigo de Mêndele e já tenho um filho, como vocês podem ver pela fotografia. É um menino muito lindo, parecido com o papai; dei a ele o nome de meu avô. É muito inteligente, acho que ele vai ser *mohel* como o papai, ou médico – que aqui é uma profissão muito importante. Não mando o retrato do meu marido porque ele não gosta de fotografias, mas ele diz que gostaria muito de conhecer vocês. Ainda somos pobres, ele tem uma lojinha, dá para viver, sem luxo; mas, diz o meu marido, o dia que formos ricos, iremos visitar vocês aí na Polônia e aí faremos uma festa – não uma festa como aquela do casamento, mas uma festa, de qualquer maneira, o pai poderá matar uma ou duas galinhas, uma que seja, e o fotógrafo tirará umas três ou quatro chapas, três, digamos que seja três, ou mesmo duas, ou uma só: sei que meu marido não recusará aparecer numa fotografia com a nossa família e talvez com o nosso filho, o Marcos.

Tenho saudade de nossa casa, fechando os olhos vejo vocês, vejo a mesa que o papai fez, cada tábua, cada risco, agora entendo por que o papai gostava tanto da mesa, por que os sinais lhe diziam coisas e eu sei, papai, o que diziam."

Não lhe respondiam. O ano era 1933.

Revolvendo-se na cama:

Mãe, eu errei, eu sei que errei casando com aquele Mêndele, mas vocês também erraram, não deveriam ter consentido, ele era um desconhecido para nós, o Mêndele que foi para a América era um rapaz bom, o que voltou era um joguete nas mãos de bandidos, um viciado. E agora sou uma impura, mamãe querida, sou a vergonha de vocês. Por que não respondem às minhas cartas?

Não respondiam. Sorriso matreiro:

Ah, mãe, tu não me ensinaste, mas aprendi ligeiro... E gosto, mãe... É bom. O médico russo... Prazer assim, tu nunca tiveste, nunca terás. Teu marido sabe degolar galinhas, mas não sabe te fazer gozar. E eu, marido não tenho, mas se soubesses como é bom um homem. E a vida que eu levo...

Fechava os olhos, deliciada. Arregalava-os de repente:

– Querem tirar o meu filho! Me acode, mãezinha!

Não respondiam. Nem em 1933, nem em 1934, nem em 1937, nem em 1939, nem em 1941. Nem em 1943. Nem em 1943. Nem em 1943: o olho do *mohel* já era um tênue resíduo de pó na órbita vazia de um crânio sepultado em vala comum.

Durante semanas, viveu só para o filho. Agora, quem sugava o seu seio não era um velho fazendeiro calvo, trêmulo; era o seu bebê: Marcos, Marquinhos, meu filhinho, minha joia, minha vida.

Mas não pode ficar com o filho. Primeiro, porque tem medo de Leiser – o traiçoeiro é capaz de matar o menino só para se vingar. Depois, precisa trabalhar. As economias se esgotam, a parteira não pode sustentá-la.

Esther descobre uma mulher para tomar conta do menino: é a velha Morena, que teve nove filhos, e não perdeu nenhum. Chamada, a velha Morena comparece e não vacila: aceita o menino para criar. Vem, diz ela pegando a criança, vem, meu bichinho, meu amorzinho. Vem, desgraçadinho, vem sofrer, infeliz, o que é que se vai fazer? A vida é assim.

Com o menino no colo, pega a trouxinha de roupas, dirige-se para a porta. Esther corre atrás:

– Para!

– Que é? – a velha volta-se impaciente.

Esther estende os braços para o bebê:

– Mimoso, lindo Marquinhos... Me beija, meu filho! Me beija!

Morena repele-a, irritada:

– E o guri sabe beijar? Tá louca?

Se vai, murmurando:

– Grande puta que ela é. Grande puta.

Esther ainda chora um pouco, ainda suspira – mas, enfim, tem de se levantar e se levanta. Caminha pelo quarto. Se requebra um pouco. Nada dói, lá por baixo. O períneo já se recuperou do parto. Olha-se num espelhinho descascado: faces um pouco fanadas, mas nada que uma boa pintura não possa corrigir. Não há dúvida, está pronta.

Chega à janela. Vê malocas de tábuas e zinco, o riacho poluído onde as mulheres lavam roupa e crianças nuas tomam banho.

Avista, mais longe, o reduto de Leiser, o bordel. Sente o sangue ferver: ainda há de fechar a Casa do maldito. Ainda há de fazê-lo pagar.

A Vila é desoladora... Mais adiante, porém, há casas melhores, de material. Uma delas está para alugar. Esther se instalará ali. Montará um bordel de luxo, com porteiro fardado. Tem experiência, sabe como selecionar um bom plantel de mulheres. Trará de volta a sua antiga clientela... Toda a clientela. Toda! Leiser verá.

Vai ter com o velho Mathias. O fazendeiro não acha boa a ideia; não quer adiantar o dinheiro. Esther lembra-lhe os torneios de amor, o segredo que guardou – mas que pode contar a qualquer momento... Mathias preenche o cheque. Ela beija-o, e sai, apressada: tem muito trabalho pela frente. Tem de recrutar as moças, tem de ensinar-lhes as artes do amor. Tem de encomendar vinhos... Tem de arranjar um guarda. O tempo é curto.

Três meses depois a Casa é inaugurada.

O nome, em néon vermelho, sobre a porta: *Casa da Sereia*.

Porteiro fardado. Homem forte, tem uma arma, e sabe o que fazer com ela. Leiser que mande seus capangas!

A casa está atulhada de vidrilhos, de plumas coloridas, de veludos; de almofadas, de cromos, de lustres, de abajures, de bandejas com frutas de cera. De estatuetas; pastoras apascentando cabritinhos, a pequena sereia (que Jaci resgatou) num lugar de honra. E ali, entre moças da capital (algumas selecionadas entre as mais belas da Vila Santa Luzia) e do interior; entre a parteira e sua prima, ambas transformadas em camareiras; entre as duas garçonetes e a orquestra dos três ceguinhos (violino, acordeona e pandeiro); de pé sobre o chão forrado com linóleo e sob o teto de onde pendem guirlandas – a rainha da Casa, Esther.

Senta no colo de um, beija a calva de outro, bate com o leque no peito de terceiros; canta, ri, conta anedotas; insulta e expulsa quando é o caso, sacando ou não o punhal.

Recolhe o dinheiro, conta, deposita em conta bancária, investe num apartamento, numa joia. Dinheiro não falta.

É tudo para o filho.

(*Marcos*)

Quem cuida de mim é a velha Morena, em sua casa, que fica perto da Vila Santa Luzia; mas é uma boa casa, de material, limpa. Meu quarto é muito bonito, pintado de azul. Ali estão os móveis que minha mãe comprou: a cama branca, com desenhos de flores e de bichinhos risonhos; os armários, também brancos – e cheios de roupas e brinquedos.

Às vezes ela vem me visitar. É uma linda mulher, a minha mãe, muito pintada e perfumada, num vestido estampado (flores coloridas sobre fundo verde: mata tropical). Não me canso de olhá-la. Não me canso de ouvi-la. Não me canso de acariciar seu vestido, liso e macio. É seda, e esta é uma palavra que gosto de pronunciar: *seda*. Gosto do seu vestido, gosto de sua voz, mas gosto mais de olhá-la.

Infelizmente fica pouco tempo. Me toma ao colo, me abraça, me beija, me diz palavrinhas carinhosas ao ouvido, me entrega a Morena e se vai, apressada, deixando-me com os braços cheios de guloseimas e brinquedos.

Gosto de brincar – mas gosto mais de comer. Morena tem ordens de atender a todos os meus desejos: me dá balas, me dá o chocolate – doce como um beijo; são coisas boas que me alumiam e me aquecem por dentro. Os doces cristalizados semeiam estrelas no escuro de minhas tripas. E o açúcar puro?

O açúcar... é maravilhoso. Uma colher de açúcar colocada num copo d'água transforma-o num líquido opalescente, habitado por misteriosas e imprevisíveis criaturinhas, que ora lhe acariciam a língua e a garganta, ora lhe enterram minúsculas lanças na polpa de um dente cariado. Mas a torrente da água leva-as para o grande lago interior, sobre o qual arqueia-se um céu resplandescente: o céu que os docinhos cristalizados semearam de estrelas.

Nem sempre esta paisagem é plácida.

Às vezes tolda-se o céu interior. Surgem nuvens pesadas, ouve-se o ronco abafado do trovão. Um vento quente resseca as vísceras. O intestino grita como animal ferido, quer expulsar os resíduos do perverso alimento que lhe fez mal.

Morena, apesar de experiente, assusta-se; criou filhos, escoltou-os através de dores e desarranjos, queimaduras e cortes – mas teme as doenças do filho da polaca. Sabe lá como é o menino por dentro! Sabe lá onde tem o fígado, as tripas! E tem bem presente o aviso – ameaçador – de Esther: se o Marcos ficar doente, me chama; não faz nada: me chama.

Morena corre a chamá-la. Esther corre para o filho, arrastando consigo um médico – o melhor médico, um professor da Faculdade.

A visão deste homem ainda jovem, de cabeleira desgrenhada e óculos de lentes grossas apavora Marcos:

mãe! Estou aqui, filho, ela diz. A mãe está ali, o vestido elegante desalinhado, o batom borrado, riscos negros – onde as lágrimas escorreram levando o rímel – no rosto. Ajoelha-se ao lado da cama: deixa o doutor te examinar.

O doutor senta ao lado dele, atira os cobertores para o lado, expõe à luz um ventre branco e distendido: vamos ver o que há com esta barriguinha. Toca-a com a ponta dos dedos. Ui! Estão frios os dedos. É o mês de junho; o minuano vem do rio, assobiando; gela as mãos que se aventuram a andar expostas – mesmo mãos de médicos. Os pés do doutor estão quentes: protegem-nos meias de lã e sapatos de couro de crocodilo. (Animal de sangue frio mas de couro macio, o crocodilo flutuou placidamente em rios barrentos, até ser abatido pelas balas do caçador furtivo. Não morreu em vão: reveste agora os pés de um médico exemplar – que não hesitou em sair de casa numa noite gélida para atender um menino doente.) Sim, o couro cumpre seu dever e aquece os pés; mas as mãos estão frias – a barriga se encolhe como um animalzinho sobressaltado, um tímido mamífero. Mãe, me dói, ele geme. Calma filhinho, ela diz, deixa o doutor te examinar. Marcos faz uma careta: mesmo doente tem vergonha do sotaque judaico da mãe – que o doutor não percebe ou finge não perceber. A luz reflete-se nas lentes grossas, ele parece momentaneamente cego; um cego impassível, de cara pétrea. Esfrega as mãos, torna a mergulhar os dedos na barriguinha. Esther chora, abraçada à velha Morena.

Pronto, diz o médico se levantando. Faz um sinal a Esther, afastam-se para um canto, confabulam em voz baixa. Lançam-lhes olhares furtivos. Mas o que tramam? Súbito ciúme:

– Mãe! Vem cá!

Esther corre para ele: que é isto, filhinho, deixa eu conversar com o doutor. Volta para o médico (ele a olhava com interesse, agora se sabe; casado com uma senhora da sociedade, ele mesmo um homem virtuoso, exemplar – olhava-a com interesse), ouve atenta as recomendações.

Já volto – diz à Morena, e sai com o médico. Mãe! – Marcos berra, esperneia. Que é isto, guri – ralha a velha Morena – tua mãe já vem, fica quieto aí, onde é que já se viu um doente pular na cama deste jeito? Ele grita, grita, sem parar.

Esther retorna com um curioso aparelho: uma vasilha esmaltada de branco, da qual sai uma mangueirinha de borracha vermelha, com uma biqueira preta. Um brinquedo para mim, mãe? – Marcos, quase alegre. Não, ela diz, não é brinquedo, o brinquedo vem amanhã. Deita de barriga para baixo.

Manda que Morena traga a água quente. O rosto enterrado no travesseiro, ele geme, inquieto: ai, o que é que a mãe vai fazer com aquela coisa? O que é que ela vai fazer?

Ela afasta os cobertores, baixa-lhe a calça do pijama. Ele se debate. Cuidado com a água, Morena! – a mãe, a voz irreconhecível, rouca. – Segura ele, Morena!

Morena segura-o com as garras fortes. As nádegas são afastadas; de um golpe penetra-lhe no ânus a biqueira.

MÃE!

Ela quer me matar! A mãe quer me matar! – Berra, atira-se de um lado para outro, morde o travesseiro. – Quer me matar!

Calma filho, calma – ela pede, numa voz súplice. A água gorgoleja, invade-o como uma vaga quente, enche-lhe o ventre como a um odre.

Ele se aquieta. Chora baixinho.

Pronto, ela diz.

Por que fizeste isto, mãe? – Ele, os olhos inchados de tanto chorar. Foi para o teu bem, ela diz. Foi para te limpar da sujeira que estava lá dentro. Agora vais melhorar.

Abraça-o, beija-o: tudo que faço é para o teu bem. Cuido de ti, trabalho só para ti.

A velha Morena me dizia que minha mãe era viajante, que andava pelo interior numa barata Ford, fazendo negócios. Me contava que minha mãe, indômita, varava o Rio Grande, até onde o diabo perdeu as botas. Quando terminava a estrada ela investia com seu valente carro contra os cipós e a galharia, levando tudo por diante – e assim chegava às casas dos fregueses: colonos broncos, arredios, gente de pés grandes e mãos calosas. Oferecia-lhes sua preciosa mercadoria: gravatas, cortes de seda e – o melhor de tudo – perfumes franceses. Destapava cuidadosamente o minúsculo frasco: ah! – um delicioso aroma se espalhava na sala, dominava os odores do suor e do esterco. Se extasiavam, os rudes pioneiros; não cansavam de aproximar as largas narinas da borda do frasco. Pediam licença, afastavam-se para um canto da casa, onde ficavam a confabular em voz baixa; de vez em quando olhavam para a fina senhora que, arrumando as mercadorias na maleta, parecia desinteressada deles.

Um então saía do grupo, entrava no quarto de dormir, fechava a porta e por um alçapão descia ao porão; ali, oculto sob pilhas de caixotes, estava um saquitel de veludo, amarrado com fita vermelha, contendo dinheiro – as economias da família; o homem pegava as notas amassadas, voltava correndo: dá o perfume, dona!

Esther recebia o dinheiro, contava-o, corria para o carro, ligava a máquina, arrancava, varava o mato de novo, chegava à estrada e – vila após vila, cidade após cidade – a Porto Alegre. Ia correndo entregar à velha Morena o dinheiro para o sustento do menino. A velha corria ao armazém para comprar chocolates – eu já chorando, gritando. Vinha o chocolate, com o desenho do gaúcho cavalgando nos pampas, mas que desenho que nada, eu rasgava o papel, não era o papel que eu queria, era o conteúdo, a massa escura e doce, amornada e derretida das mãos suarentas da Morena. Eu comia sôfrego, resfolegando, o nariz ainda ranhento do choro; eu comia bastante, eu deixava escorrer para o vazio das minhas cavidades aquela lava viva. E finalmente reconfortado, eu adormecia.

Às vezes minha mãe me olhava comer, os olhos cheios de ternura; suspirava, me beijava, chorava um pouco (Morena beliscando-a disfarçadamente), me beijava de novo (porra, mas como me beijava) e se ia em seu carro.

A varar o mato, segundo Morena.

No colégio eu era um aluno regular – um pouco distraído – mas sempre passava de ano. Quando me aproximava, os colegas cochichavam, riam. Eu me amolava, pedia briga. Não que me fosse fácil brigar; me era mais fácil chorar. Mas, chorando ou brigando, terminei o primário e fui fazer o ginásio num colégio público, enorme. Me sumi na massa anônima de alunos; por causa das espinhas deixei de comer chocolate. Emagreci e cresci. No alto do mastro meio torto que eu era, desfraldava-se a bandeira de uma cabeleira rebelde. Desconfiava de todos, principalmente de minha mãe. Fugia de seus abraços. Assim cheguei aos treze anos. A idade em que, como judeu (e hoje? sou judeu?) me tornava homem.

A mãe queria que ele fizesse o *bar-mitzvá*; que lesse na sinagoga o seu trecho do *Torá*; que ingressasse, enfim, na comunidade dos homens judeus.

Mas ele não queria. Por que não? – ela perguntava, ansiosa. Porque não – ele respondia. Ah, como se sentia mal, então. A própria voz, em falsete, lhe soava desagradável; a pele da cara, pastosa, parecia-lhe uma máscara. Desajeitado, esquivava-se da mão perfumada que queria acariciá-lo.

Ela insistia: por que não? Porque não sei hebraico, respondia – à falta de desculpa melhor.

Não era problema para Esther. Procurou o *mohel*, o mesmo da circuncisão, pediu-lhe que ensinasse a Marcos um pouco de hebraico.

O *mohel* – agora um homenzinho velho e encurvado, de olhos remelentos – quis recusar. Mas Esther insistiu, chorou. Enfiou no bolso do velho um maço de notas. Está bem, suspirou ele, manda o rapaz aqui. Mais uma coisa, disse Esther, o senhor vai levá-lo à sinagoga para o *bar-mitzvá*. Ah, isto não! – gritou o *mohel* indignado. O filho de uma impura! Nunca!

Esther saltou da cadeira, os olhos brilhando. Quem, então? – berrou. – Quem vai levar meu filho à sinagoga? O pai dele, que não teve coragem de criá-lo? O avô? O avô morreu num campo de concentração, velho! O avô era *mohel* como tu – e morreu, velho!

Abriu a bolsa, sacou de lá o punhal, apontou-o ao *mohel*:

– E tu não és melhor que ele!

– Me mata! – gritou o *mohel*, irado. – Me mata de uma vez, bandida!

Da porta da sala, os filhos e os netos do *mohel* olhavam a cena, assustados. Esther baixou o braço, deixou-se cair na cadeira – chorava: ai, *mohel*, *mohel* querido, sou tão desgraçada, *mohel*... Está bem, suspirou o velho. Eu vou, eu levo o teu filho. Ele é gente. E tu também és gente.

Marcos ia à casa do *mohel*, o livro de rezas em hebraico debaixo do braço. Ia de má vontade, pendurado no balaústre do bonde; e chegando lá ficava dando voltas ao quarteirão, sem se animar a entrar.

O *mohel* também não tinha muita paciência. Burro! – gritava, quando o menino errava a pronúncia de uma palavra. – Vagabundo! Não te esforças! E tu tens obrigação de te esforçar, sabes? Tens obrigação! Mais que os outros!

Chegou o dia: um sábado chuvoso de janeiro. De manhã cedo, Esther foi à casa de Morena, querendo saber se o filho estava bem, se nada lhe faltava. Está tudo bem, disse Marcos e recusou a carona de carro que a mãe lhe oferecia. Vou sozinho, disse.

Tomou o ônibus até o centro da cidade e, de lá, o bonde até o Bom Fim. O *mohel* já o esperava, sob uma chuva fina, à frente da sinagoga, reclamando do atraso. Entraram no pequeno templo, o velho a empurrá-lo com seus dedos afilados. Umas poucas lâmpadas iluminavam debilmente o interior sombrio.

Algumas pessoas já se encontravam ali: velhos, cobertos com os chales de oração; e a família de um menino gordo e sardento, que também fazia o seu *bar-mitzvá*.

Marcos sentia-se mal, no terno azul-escuro que a mãe mandara fazer para a ocasião. O colarinho da camisa apertava-lhe; além disto, os velhos não tiravam os olhos dele. Ficou perto do menino gordo, que o olhou admirado: não te conheço; moras aqui perto? Não, disse Marcos, eu sou de fora, do interior. Ah, disse o gordo, então muito prazer. Eu sou o Augusto.

Marcos estendeu a mão – mas já chamavam o menino gordo, que avançou para a mesa onde estavam os rolos de *Torá*. Numa voz aguda recitou o seu trecho e voltou, triunfante, para junto dos pais.

Marcos olhou para cima. As galerias reservadas às mulheres estavam escuras. Vazias. Mas – e a sombra que ali se movia? E os suspiros que dali se ouviam? E os soluços?

É o vento que sopra pelas frinchas do velho telhado? É mesmo o vento? Não são suspiros? E é a água que gorgoleja nas calhas? É mesmo água? Não é o choro de alguém?

Pela janela embaciada vejo uma árvore agitada pelo vento. A árvore está ali desde que a sinagoga foi construída, é sabido... Mas, e o vulto que se esgueira entre a galharia com surpreendente desenvoltura? E a face pintada que aparece entre as folhas? E a boca borrada de batom, é uma flor? E o olho úmido, brilhante? Um fruto? Um fruto molhado da chuva?

Marcos perguntou ao *mohel* pelo banheiro. Agora? – resmungou o velho – agora que vão te chamar para o *Torá*? Agora, disse Marcos, não vê que estou mal da barriga? O *mohel* suspirou, apontou um corredor escuro. Marcos enveredou por ele. Deu com uma porta que conduzia a um pequeno pátio, separado, por um muro, de um terreno baldio. Escalou-o, rasgando a roupa, e lanhando-se todo. Correu para a rua. Um carro de praça vinha passando. Tomou-o e foi para a casa.

Aquela noite houve festa na casa da velha Morena. Esther veio, e uma mulher chamada Tânia Mara, e Jaci, e ainda um senhor simpático e bem-vestido, um deputado. Ficaram um pouco, depois ele e Tânia Mara saíram juntos. Jaci também foi embora. Morena recolheu os copos e os pratos e deu boa-noite.
Foi aquela a noite que ela escolheu para me contar tudo.
(Lembro, daquela noite, a sensação de leve amortecimento, de doce e prolongada vertigem.)
Bebeu muito, o Marcos. Está sonolento e um pouco nauseado, mas não quer dormir. Quer que a mãe lhe fale, e ela fala. Me conta tudo – ele pede. Ela conta,

os dois sentados à frente da casa de Morena, ela numa cadeira, ele num caixote, a cabeça apoiada no colo dela. A chuva cessou. Sopra um ventinho frio. Grilos trilam, cães latem ao longe. Passaram os três ceguinhos, tossindo. Pingos caem de uma trepadeira florida; reluzem um instante, antes de sumir na terra.

Ela fala. Sua voz musical, um pouco rouca, se transfigura, ora em sussurro, ora em lamento, ora num riso abafado. Arrasta-o, esta voz, como um lento redemoinho que o coloca diante de rostos desconhecidos, diante de paisagens estranhas.

É assim que vê, sobre a distante colina, a menina a apascentar o rebanho de cabras. No instante seguinte, já está ao lado dela, deitado de bruços sobre a grama; o sol brilha, a brisa lhe agita os cabelos. Por ele, ficaria ali para sempre; mas já ela se levanta de um pulo, ele se levanta também. Descem a colina correndo, ao encontro de Mêndele. Depois ele está na festa do casamento; quando dançam a valsa ele rodopia junto, alegre e apreensivo, mais – há motivos – apreensivo que alegre. De uma travessa colocada sobre a mesa farta mira-o, frio, imóvel, o olho do peixe. E mira-o fixo o olho congesto do *mohel*.

No instante seguinte está viajando: da janela do trem fogem-lhe árvores e rios. Uma cidade aparece no horizonte, uma grande cidade: Paris! Paris.

O cabaré. O ambiente enfumaçado e barulhento confrange-lhe o coração: pressentimentos... Baila. A contragosto, mas baila.

Embarca num dos grandes carros pretos, entra na mansão. Quando os casais, abraçados, tombam sobre os sofás e os tapetes, desvia, constrangido, o olhar.

Atrai-o a estatueta da pequena sereia. Examina, fascinado, os olhos amendoados e vazios, a boca entreaberta num sorriso tímido, triste. Um pequeno grito o sobressalta: caiu sobre mim, o bruto! Esther, se queixando. Outro gritinho, um gemido – e ela se cala.

O vento sopra mais forte agora, traz uma mistura de odores: corpos suarentos, emanações de riacho. Um pouco de maresia, talvez? Talvez. Ela fala do navio, da morte de Mêndele, do corpo jogado ao mar. Ele se sente afundar, o Marcos; tonto, tonto, gira em torno a um cadáver nu, comido pelos peixes; observa, fascinado, as órbitas vazias, os lábios devorados, os dentes. Da coxa esquerda desprende-se um retalho de pele; adeja lento como um farrapo à brisa, e some, levado pela corrente.

A mãe fala agora do médico russo. Fui uma louca, diz, não sabia o que estava fazendo. Foi uma louca; foi. Mas, e a vibração de sua voz ao falar da barba macia? Tu gostaste! – bradaria Marcos, indignado, mas ela já conta de Buenos Aires, do tango. E de Porto Alegre, do velho bordel.

De repente Marcos solta uma risada – um riso alto, agudo que faz estremecer a velha Morena, adormecida numa cadeira.

De que te ris? – pergunta Esther surpresa, desconfiada. De nada, diz o Marcos, mas está rindo do velho Mathias, das três que ele deu. Um velho dando três! É boa.

Ele fala de Rafael. Como era ele? – pergunta Marcos, mais com curiosidade do que com emoção. Esther não é feliz na descrição; sua linguagem trôpega não a ajuda. Marcos consegue vislumbrar uns óculos, uma orelha, um pedaço da boca – mas a figura completa tarda a surgir e quando aparece é esmaecida, como vista através da água turva ou de uma janela embaciada. E agora? – pergunta – onde é que ele anda? Não tive mais notícias dele, diz Esther, esforçando-se por parecer casual. Sei que é engenheiro... (Engenheiro? Escassa indicação. Engenheiro? Civil, ou o quê? Que obras constrói? Que condomínio planeja? Ora, não importa. Que fique com a esposa legítima, com os filhos legítimos, os filhos registrados.)

Tudo que eu fiz, está dizendo Esther – e já é de madrugada – foi por ti, Marcos. Tudo que eu fiz e faço é por ti... Ele boceja, aninha a cabeça no colo dela. Quando adormece, ela ainda está falando. Está fazendo planos, esperançosos, para o futuro, mas ele já não ouve: adormeceu.

Quero conhecer a Casa, eu disse, no dia seguinte. Fez uma careta de desgosto: aquilo não é lugar para ti, meu filho. Insisti: quero conhecer a Casa, mãe. Tu não deves ter segredos para mim.

Está bem, disse, relutante. Na semana que vem, então.

Hoje – eu disse. *Hoje*!

Não – Levou a mão à boca, assustada com o próprio grito. – Não – em voz mais baixa – hoje não é bom ir lá. Hoje, não.

Amanhã, então – concluí, definitivo.

Veio me buscar. O bordel não ficava longe da casa de Morena; mesmo assim, fomos de carro. Ela ainda hesitou antes de desligar a máquina, mas eu estava decidido. Saltei, avancei para a porta. Ela veio atrás, correndo: espera, Marcos, espera que eu tenho a chave.

Abriu-me a porta – bem contrariada, notava-se – e entramos.

Duas da tarde de uma segunda-feira: o movimento era pouco. As mulheres estavam no salão, de chambre ou roupa de baixo – fazia muito calor – sentadas nas poltronas, deitadas nos sofás ou no chão mesmo. Uma ouvia rádio, outra cantava baixinho. Muitas se abanavam, com leques ou revistas românticas.

– Gurias – disse Esther – quero apresentar a vocês o meu filho.

Prazer, diziam, sorrindo, algumas levantando-se, respeitosas. A mão no meu ombro, Esther foi explicando: esta mulata aqui é muito boazinha... Esta eu tirei lá da Vila, ia ser empregada doméstica, eu ajeitei ela direitinho, agora está aí, uma verdadeira pintura... Esta aqui canta tangos que é uma beleza... Esta aqui fala três línguas... Esta é meia braba, mas tem bom coração.

Gostei de Tânia Mara. Baixinha, morena – e que corpaço tinha a mulher! Um pouco madura, mas que busto! Me piscou o olho. Amanhã, sussurrou, enquanto Esther falava com o guarda, amanhã de tarde. Pode vir que Esther não está; terça é dia de ela ir aos bancos e lojas.

No dia seguinte, Marcos esperou, oculto atrás de arbustos, que Esther saísse. Mal o carro desapareceu, correu para o quarto de Tânia Mara que ficava, como o escritório de Esther, separado da casa.

Ela já estava ali, deitada. Vestia uma camisola

negra, transparente. (*Vejo-me de olhos arregalados; sinto ainda a minha boca seca.*) Estendeu os braços:
— Vem.

Os dedos lhe tremiam tanto, que não conseguia desabotoar a camisa. Ela teve de ajudá-lo a tirar a roupa.

Ela teve de ajudar mais um pouco. É que, ansioso demais, ele não se dispunha... Mas Tânia Mara sabia como fazer as coisas. Deslizou ao longo do corpo dele – uma nave procurando o lugar para atracar – murmurando coisinhas: ah, mas está aqui o Capitão... está dormindo o Capitão... vamos acordar, Capitão...

Acorda-o com beijos. O Capitão se levanta – e não é um anão, embora também não seja um gigante – e se levanta disposto. Ah, está firme o Capitão – murmura, e deita-se, à espera.

Era inexperiente, o Marcos, mas ardoroso. Às cinco ainda estava ali, apesar das súplicas de Tânia Mara: vai, Marcos, tua mãe está para chegar. E ele já ia mesmo – mas então notou o quadro.

Na parede à sua esquerda havia uma reprodução da *Maja Desnuda*. O olho desta mulher, dessa trêfega espanhola, o olho dela brilhava. Por quê? Porque, alunos, havia um orifício na tela, e na parede; do outro lado desta parede estava um olho de verdade, não um olho pintado: olho vivo, olho atento, olho fixo a princípio, piscando, depois; olho úmido. Olho se desviando, mas voltando ao orifício; olho de quem?

Eu bem sabia. E daí, alunos? Fazer o quê? Levantar-me indignado, gritando Sodoma e Gomorra? Ou bradar alegre, olha mamãe, sem as mãos?

(*Esther*)

Em seu período de apogeu a Casa contava, em seu plantel, com vinte e sete mulheres de variadas procedências, incluindo uma japonesa e uma sueca. A cozinha era capaz de preparar até trinta refeições quentes ao mesmo tempo; o cozinheiro era um húngaro muito competente. Todos os quartos tinham campainha e banheiro com água quente e fria; rádio de doze válvulas, geladeira com bebidas, e iluminação especial eram os atrativos das duas suítes.

Era talvez a melhor casa da cidade – agora que Leiser e seu bando não estavam mais no negócio.

De fato – a antiga mansão no alto da colina estava fechada e abandonada, os vidros quebrados, o mato crescido nos jardins. Leiser tinha sumido. Sumido? Esther duvidava. Olhava o jornal: notícias sobre lançamentos imobiliários, sobre inauguração de financeiras; fotos de personalidades conhecidas, por certo, mas quem era o homem de rosto indistinto que aparecia ao fundo? Esther estremecia de fúria: tinha um punhal reservado para o bandido.

Mas sua raiva durava pouco; era feliz, respeitada; tinha mesmo ares de dama.

Sou francesa, dizia aos clientes mais curiosos. Esther Marc era agora o seu nome, não mais Esther Markowitz. Um advogado lhe providenciara novos papéis. Vestia-se bem: longos vestidos escuros, joias. Um cabeleireiro vinha penteá-la todos os dias. Entre seus clientes estavam figuras de projeção: o deputado

Deoclécio, filho do fazendeiro Mathias, vinha todas as sextas-feiras. Visitantes de outros estados eram encaminhados à Casa; Esther recebia-os pessoalmente, oferecia-lhes bebidas, auxiliava-os na escolha das mulheres. Para o tímido representante de uma fundação americana no Rio de Janeiro, indicou a experiente Tânia Mara – e o homem, agradecido, deixou-lhe uma caneta de ouro. Que Esther deu ao filho, rindo: toma, Marcos, eu não sou muito das letras.

Administrava a Casa com mão de ferro. Pouco se afastava dali, embora um carro preto com chofer estivesse à sua disposição dia e noite. Morava numa espécie de estúdio que fizera construir nos fundos; da janela podia observar o movimento dos automóveis e controlar quem entrava e quem saía. Sobre sua mesa, dois telefones, agendas e – um *recuerdo* do passado – a estatueta da pequena sereia, cuja cabeça às vezes acariciava enquanto atendia o telefonema de um cliente. Às sextas-feiras convidava as meninas para uma festinha amável, com doces e refrigerantes, animada pelos três ceguinhos (que agora vestiam smoking). As mulheres adoravamna. Lançavam olhares disfarçados para a fotografia do filho... Como é que ele é, Tânia Mara? – perguntavam. Tânia Mara sorria, enigmática: ah, o Marcos.

(*Marcos*)

Aos dezoito anos, ganha de Esther um apartamento. Bem localizado: Na Avenida João Pessoa, próximo às Faculdades. E bem dividido: sala, dois quartos, banheiro, pequena cozinha. Na sala, naturalmente, poltronas confortáveis, um bar bem sortido, e eletrola; nas paredes, a reprodução da *Maja Desnuda* e uma grande fotografia de Einstein com a língua de fora – esta, presente de uma fugaz namorada.

Um dos quartos é o dormitório; o outro, o gabinete. Esther faz questão de cobrir as paredes de prateleiras para livros em jacarandá-da-baía; compra uma grande escrivaninha e uma cadeira giratória de espaldar alto. A sala é bem iluminada, mas pesadas cortinas abafam os sons que vêm da rua. Marcos precisa de silêncio. Está estudando para o vestibular.

Pensa na Faculdade de Medicina. Move-se vagamente entre fórmulas químicas e problemas de Física, bocejando; e entre desenhos esquemáticos de seres vivos, com mais interesse.

Esther vem duas ou três vezes por semana.

Percorre o apartamento examinando tudo, exigindo de Morena, que agora usa touca e avental engomado, muita atenção para o filho. Pé ante pé entra no gabinete, onde Marcos está estudando.

As cortinas estão corridas, e as lâmpadas acesas, embora a tarde seja de sol. O rapaz está sentado; usa apenas um calção. Sua testa úmida reluz. Já não tem mais espinhas, mas a pele continua pastosa. O cabelo é negro e encaracolado; usa um pequeno bigode. Sabe o que a mãe, sentada na poltrona diante dele, está pensando: que é parecido com o pai, que é muito parecido com o pai. Mas agora não pode falar sobre o pai, está ocupado em decorar os nomes dos micro-organismos que caem no exame.

Esther levanta-se, examina os livros que estão nas prateleiras, acaricia-lhes as lombadas encadernadas.

E mal sabe ler, ela: um pouco de iídiche, só. Suspira, torna a sentar.

Entra Morena com uma bandeja: chá, biscoitos amanteigados. Avança, seca, mirrada, resmungando: fica aqui com os livrinhos dele, enquanto a mãe passa vexame. Pouca vergonha.

Esther volta-se lentamente para ela: o que foi que tu disseste? Nada, diz Morena, não falei nada. Esther põe-se de pé, os olhos brilhando. Tira o punhal da bolsa, encosta a ponta no pescoço da velha: o que foi que tu disseste? Sob a pele engelhada, distendida pela lâmina reluzente, pulsa numa velha carótida, um tubo duro e tortuoso, dilatado a intervalos por ondas de um sangue grosso – um sangue que vem lá de baixo, de pernas varicosas, onde fica tempo estagnado, como a água num pântano. E vem, o sangue, passa pelas coxas, por um ventre de órgãos esgarçados e caídos, chega ao coração dilatado que o manda ao pulmão para que se ventile um pouco; de lá retorna e vai ao crânio – mas para fazer o quê? Ali só teias de aranhas e fantasmas esquálidos, suplicantes: fura esta carótida, livra a gente!

Nada. O punhal não fura, ameaça só. Implacável, o sangue circula, fazendo ranger e estalar a velha tubulação. A velha:

– Me mata, Esther! Me mata de uma vez! Eu não presto mais, só digo besteiras.

Esther guarda o punhal: que é isto, Morena, besteira tu estás dizendo agora. Atende bem o Marcos, é só o que te peço.

Marcos está sentado, imóvel. Olha a mãe, olha a empregada. De repente levanta-se: sai! Sai todo o mundo! Saem, as duas mulheres, atropelando-se, a touca de Morena pendurada da carapinha. Marcos senta, suspirando; agora mesmo é que não passo no vestibular.

Não passa: obtém uma boa nota em História Natural, mas é reprovado em Física e em Química. Esther consola-o, sugere que ele tome aulas particulares. Mas Marcos não quer passar mais um ano estudando. Faz o vestibular, em segunda chamada, para a Faculdade de História Natural, é aprovado. E pronto. Está na universidade.

Descrevo o universitário Marcos como um rapaz contemplativo, sujeito a vagos distúrbios digestivos: náuseas, sensação de plenitude abdominal. Sofria de prisão de ventre; passava horas no banheiro, levantava-se suspirando, sem ter feito nada.

Sucinto, este retrato? Pode ser. Mas verdadeiro. Tanto que à época a mãe insistia para que fosse a festas, que se divertisse. Quis fazê-lo sócio do Círculo Social Israelita; as orquestras incorporavam a bossa nova a seu repertório, todo o mundo dançava. Mas Marcos preferia passar as noites nos cinemas do centro da cidade ou então em seu apartamento, tomando o chá que a velha Morena lhe trazia. No bar da sala, as garrafas de bebida continuam intactas. Não era dado a vícios.

O signo dele era a melancolia. Seu instrumento, o microscópio.

Espreitava pela ocular e o que via fazia seu rosto abrir-se num pálido sorriso: paramécios deslocando-se numa gota d'água. Mal sabia que um colega de óculos ardia de vontade de beijar-lhe a nuca, mal sabia da colega que lhe dedicava, em silêncio, pequenos poemas de três ou quatro linhas. Abstinha-se de votar nas eleições do Centro Acadêmico – mas compreendia perfeitamente a célula e suas organelas. Nasci para ser pesquisador – disse ao rapaz do bar, enquanto mastigava uma torrada americana. Não tinha muitos amigos, e não costumava fazer confidências; mas acreditava na pesquisa, e, principalmente, nos microorganismos. Quanto a mulheres... desde os quinze anos suas fantasias giravam em torno a uma desquitada, de face variável; ora tratava-se de uma morena de olhos verdes e sorriso debochado, ora de uma loira de olhos azuis e sorriso tímido.

Aos dezenove anos encontrou esta mulher – uma loira de olhos azuis e sorriso debochado – no Cinema Imperial. Você esqueceu sua sombrinha, disse. Obrigada, ela respondeu, foi bom ter me avisado, porque a noite está chuvosa. Os dois saindo do cinema, ele propôs: jantas comigo? Porque não, ela disse. Jantaram no Treviso; ao cafezinho, ele aventurou, a voz trêmula: quer conhecer o meu apartamento? Por que não? – ela. Riram, os dois.

Com esta mulher – que ora se mostrava amável e risonha, ora brusca e amarga – encontrava-se às vezes. Não seguido, porque ela era representante de produtos cosméticos e viajava muito. Varava o Rio Grande oferecendo batons às farmácias do interior. Quando estava ausente, Marcos procurava Tânia Mara.

Por que não casas? – perguntava Esther. Inquietava-se, ela também, com a passagem do tempo; o *mohel* aparecia-lhe nos sonhos cada vez mais indistinto e ela queria um neto a quem pudesse dar o nome do pai. Marcos não pensava em casar. Inclinava-se sobre o microscópio e procurava o foco. Não deixa de ser surpreendente – dizia um professor – que lentes, colocadas de certa maneira, nos revelem um mundo. Concordava, o Marcos.

Eu gostaria de fazer uma grande descoberta – dizia, terminando a torrada. Posso limpar a mesa? – perguntava o rapaz do bar. Marcos fitava migalhas. E as gotículas de um líquido escuro: a Pepsi-Cola.

(*Pequena Sereia*)

Evolui entre plantas aquáticas. Constrói sua morada no fundo do riacho; tudo que encontra e não come, leva para adornar as paredes de lama: a minúscula carapaça de um protozoário; um pedaço de vidro; o fragmento de uma unha humana.

Vive só. Não há machos na espécie. A reprodução é assexuada, e se produz a intervalos de anos. Passa então por uma curiosa transformação! Os movimentos se entorpecem, o apetite diminui. Deitada no fundo do riacho, vê os braços se cobrirem de minúsculas escamas. Horrorizada, talvez, mas de qualquer modo impotente para deter o processo, observa as escamas se espalharem: ventre, seios, rosto aos poucos vão sumindo. Por fim restam duas caudas unidas. Agitam-se para cima e para baixo como loucas, chegam a saltar fora d'água; até que começam a se separar – e duas pequenas sereias se revelam. Fitam-se, surpresas; mas logo o instinto as adverte: por mais que os habitantes da Vila evacuem no riacho, não haverá ali detrito suficiente para as duas. Uma então – a mais nova, em geral – toma o rumo da foz. E vai, por riachos cada vez maiores, ao rio, e ao mar. Ali sofre durante meses, a água salgada irritando-lhe os olhos. Chega então o momento e ela sobe um rio, em busca de seu riacho, onde viverá, só e feliz, entre os pontos A e B, comendo em silêncio os dejetos que lhe aparecem. Ninguém a vê, nada a ameaça. Nada?

(*Esther*)

De repente: o desastre. E justo no dia da formatura do filho? Sim, mas a coisa já se preparava desde há alguns meses.

É que a Casa ficava no caminho da Avenida; a grande avenida que, vindo do centro da cidade, chegava até a Vila Santa Luzia – para onde estava planejado, dizia-se, um bairro elegante. Esther sabia que a casa seria desapropriada; na verdade recebera repetidos avisos para comparecer à Prefeitura. Não ia. Suspeitava do dedo de Leiser no negócio, e não ia.

No dia da formatura estava muito atarefada; foi à costureira buscar o vestido; depois ao hotel onde, após a cerimônia, ofereceria uma recepção a convidados selecionados. Ao voltar à Casa encontrou os móveis – as poltronas, as largas camas, as belas colchas – na rua. Das mulheres, nem sinal. Só Tânia Mara a esperava, sentada na poltrona giratória do escritório, sob uma árvore. Foi a polícia, disse resignada – a gente não pôde fazer nada, Esther. – Ela nem desceu do carro. Rumou direto para o escritório do Deputado Deoclécio.

Nos negócios e na política – costumava dizer o Deputado Deoclécio – me sinto como um peixe dentro d'água. Sou sensível às correntes mais sutis.

Filho do fazendeiro Mathias, o Deputado tinha sido iniciado pela própria Esther; e lhe era grato, aquele homem moreno, de bigode, que usava óculos de grau com lentes levemente escurecidas. Seus irmãos, na fazenda, dormiam com chinocas; quanto a ele tinha sido um fracasso com as mulheres; até que Esther, a pedido do fazendeiro, conseguira dissipar seus temores. Era um homem grato, o Deputado; mesmo eleito, continuava prestigiando a Casa com sua presença. Já não procurava Esther – preferia gurias novas – mas ao se despedir sempre lhe assegurava: se precisares de mim, estou às ordens, Esther.

Esther agora precisava dele. Irrompeu pelo escritório aos gritos. O Deputado acalmou-a, ofereceu-lhe uma bebida. Esther, com dificuldade (quando ficava nervosa, seu sotaque judaico se acentuava, misturava às frases palavras em iídiche), contou o sucedido.

Para sua surpresa, o Deputado mostrou-se retraído, cauteloso. Por que pensas que este tal de Leiser possa estar atrás disto? – perguntou.

Esther contou das reuniões no antigo bordel; falou do caderno de capa escura. Tens este caderno? – perguntou o Deputado, olhando-a fixo.

Esther estranhou o tom de voz. De repente se deu conta de que não estavam na cama, que ela não manipulava delicadamente o sexo de um jovem assustado, que não eram palavras doces o que agora murmurava: falava de negócios com um homem de rosto impassível, cujos olhos ocultavam-se atrás de lentes escuras. Não muito escuras; não chamavam a atenção por ser escuras, mesmo naquele escritório de confortável obscuridade. Mas não eram claras. Não deixavam ver os olhos.

O caderno não tenho, ela disse devagar. Mas os nomes que estão no caderno, tenho. E se for preciso, vou aos jornais. Tenho um amigo jornalista –

O Deputado acendeu um cigarro. Não te aconselho a fazer isto – disse. Leiser hoje é um homem importante, está metido em grandes negócios, tem muitos sócios... Poderia pegar mal, Esther. Poderia se virar contra ti. Leiser tem o seu passado... Mas quem não tem? Não importa o que ele foi, importa o que ele é, suas ligações atuais. Não te aconselho. E de mais a mais, não tens provas.

Esther levantou-se, pálida. Tenho um filho – disse, bem devagar – que está começando a vida. Ainda preciso ajudá-lo. Quero vê-lo casado. Quero netos, Deoclécio. Trata de dar um jeito no assunto da Casa. Vou botar os móveis lá dentro, vou chamar as mulheres de volta – e tu, trata de me garantir, senão já sabes: vou abrir a boca.

Levantou-se e saiu. O Deputado pegou o telefone; pensou um pouco, largou-o; tornou a pegá-lo e, com uma exclamação raivosa, discou um número.

Não vacilava mais. Não tremia de ansiedade. Era agora um homem, lento e pesado; amargo, mas decidido. Não poupava ninguém.

(*O Deputado*)

Voltava dos encontros com correligionários sorridente, mas com a boca azeda, os músculos tensos;

depois de entrar em casa, ainda levava alguns minutos para desfazer o sorriso. Deixava-se cair numa poltrona, a boca entreaberta, o olhar vazio, os braços caídos. A esposa acudia com o copo de uísque e, com palavras enérgicas, lograva sacá-lo um pouco à letargia. Engolia a bebida num sorvo, suspirava: não dá mais, não dá mais. O que é que não dá mais, queria saber a esposa. Tudo, resmungava o Deputado, não dá mais pé, não vejo a mínima chance, hoje até gozaram comigo. Mas não falaste com o homem, perguntava a mulher. Falei, claro que falei, mas ele disse que não pode prometer nada, que não sabe de nada.

Ficava em silêncio uns instantes, o olhar fixo na estatueta da pequena sereia.

Soerguia-se – afinal não tinha perdido completamente a antiga fibra – e dizia (com voz mais firme, agora): Realmente, não vai dar. A política acabou, mulher. Acho que vou topar o negócio. Aquele, com o judeu.

Tu é que sabes, ela dizia. Pelo menos, ponderava ele, dinheiro vai dar. Bom dinheiro, mulher. – Sorria. – É como roubar de cego.

Servia-se de bebida. Examinava-lhe atentamente a superfície. O que esperava encontrar ali?

(*Pequena Sereia*)

Ri dos outros habitantes do riacho: os lentos moluscos, os vermes desajeitados. Quanto às bactérias, devora-as. A vida para ela é um festim.

(*Marcos*)

A cerimônia de formatura realizou-se no teatro São Pedro. Fundado em meados do século XIX, o teatro apresentava-se naquela noite profusamente iluminado. Sob uma chuva fina automóveis estacionavam junto à entrada; desciam senhoras de vestidos longos e cavalheiros de ternos escuros. Os carros arrancavam, patinando sobre as pedras molhadas, e iam juntar os sons estridentes de suas buzinas ao coro irado que se elevava da Rua Riachuelo, onde o trânsito estava congestionado.

No palco, oculto do público pela grande cortina de veludo vermelho, os formandos, em suas togas, iam e vinham, cochichando, nervosos. Às vezes um corria a espreitar pela cortina; via parentes e retornava, satisfeito. A plateia estava cheia; os camarotes, parcialmente ocupados. Lá em cima, nas galerias, reinava a escuridão.

Marcos estava calado, sombrio. Esther não aparecera no apartamento, como tinham combinado. Onde teria se metido?

A cortina se abriu, revelando ao público os rostos sorridentes dos formandos. Marcos não sorria. Não via a mãe em nenhum lugar. Recebeu o diploma – palmas escassas – e voltou para o seu lugar. De pé, fitava as galerias escuras. Vinham soluços de lá? Vinha o tropel de passos apressados? Vinham risinhos de mulher e de – um porteiro, por exemplo? Vinham suspiros abafados? Palmas é que não vinham. As palmas que ele queria não vinham.

Depois da cerimônia foi a um bar, e ficou tomando chope sozinho, mastigando melancolicamente uma torrada americana. Voltou tarde para casa. Tânia Mara o esperava na porta para dizer que Esther estava presa.

(*Marcos*)

Desde então eu pouco a via. Aparecia raramente. Na primeira sexta-feira do mês era certo; vinha bem-vestida, e sempre com um presente; uma gravata, uma bebida. O que é que tu estás fazendo, perguntava, e quando eu lhe dizia que ia bem na Faculdade, me abraçava, comovida. Um pouco fanada, aquela mulher, mas sempre perfumada; magra, mas ainda bem-vestida; roupas antiquadas, mas em bom estado: o vestido vermelho, o turbante da mesma cor; e os óculos escuros.

Não estava bem de vida. Instalara-se com um pequeno bordel – meia dúzia de mulheres – mas sem muito êxito. A história de sua prisão afugentara os antigos fregueses. E ela também já não tinha o mesmo interesse pelo ramo. Administrava a Casa de longe, preferia passar as noites com rapazinhos de óculos.

Nada daquilo ela me contava, naturalmente. Conversávamos sobre banalidades; de repente se levantava: já vou indo, Marcos.

Eu a levava até o carro, um velho jipe. Nunca lhe perguntei porque andava naquele estranho veículo, mas uma vez se julgou na obrigação de me explicar: o mecânico me empresta o jipe dele quando o meu carro está no conserto.

Não era verdade. O jipe era dela. Aliás, *não* era dela; era de um homem que tinha batido no carro dela. Esther, punhal na mão, exigira um conserto completo; como o homem alegasse não ter dinheiro, tomara-lhe o jipe.

(É de jipe que ela percorre as ruas do Moinhos de Vento, só ou com Tânia Mara, que reclama: porra, Esther, por que não arranjas um carro mais decente? Este vento quase mata a gente! Ela, os cabelos esvoaçando, rindo para a rapaziada: que nada, Tânia Mara, isto é que é vida! No inverno, Tânia Mara se recusa a acompanhá-la; ela então vai sozinha, embuçada no grande chale, os olhos lacrimejando do frio. E quando chove, só o jipe consegue atravessar as ruas inundadas. A água escachoa no chão de metal, gotinhas salpicam-lhe as coxas. É água suja, mas ela não se importa: gosta das ruas.)

(*Marcos*)

Não era bem o que eu queria, mas não consegui coisa melhor: o pouco que pagavam era melhor do que nada. Aceitei o emprego de professor numa pequena Faculdade particular.

Funcionava num casarão antigo, com sinais de passada nobreza; pertenceu a uma grande dama, disse o Diretor, na primeira entrevista que tivemos; à época em que este era um bairro distinto, de mansões. Sim, eu disse. E nada mais falei.

A Faculdade estava situada no centro de um amplo terreno – um verdadeiro parque, embora mal cuidado – cercado de um alto muro. Da rua, se entrava por um grande portão; caminhando-se por uma aleia ensaibrada, chegava-se a uma espécie de esplanada, conservada, por ordem da

(*Antiga Dama*)

Dona Cotinha – escrupulosamente limpa.

Foi uma santa, dizia Tânia Mara, que a conhecera. Morava perto de uma vila cheia de ladrões, de bagaceiros; na casa era só ela e uma empregada; pois nunca botou um guarda, um cachorro brabo que fosse. Nem fechava o portão. Confio nos pobrezinhos, ela dizia, são criaturas do Senhor.

Confiava? Era uma mãe para nós – continuava Tânia Mara. No domingo de Páscoa, nos convidava para visitar a casa. Todos nós, os moradores da Vila Santa Luzia. Ela só queria que a gente fosse de sapato limpo; aqueles que andavam descalços tinham de lavar os pés antes de entrar. Ninguém era obrigado a ir, claro, mas umas cinquenta, sessenta pessoas sempre tinha.

Ela nos recebia no portão da entrada, abraçava os da frente, beijava uns quantos (era muito dada), e nos mandava entrar. A gente ia caminhando pelo jardim e ela explicando: aquela estátua representa a deusa do amor... aquele outro ali, é o deus do vinho, é de mármore legítimo... (Tânia Mara, saudosa).

Dentro da casa, a mesma coisa. Mostrava os quadros, e já ia dizendo o valor de cada um. Caríssimos, é só o que eu me lembro. Mostrava os faqueiros de prata, os de ouro, os cálices de cristal. Mostrava uma garrafa de vinho: isto aqui, nem vocês todos trabalhando um ano inteiro, poderiam pagar! No banheiro, enorme, dava conselhos sobre higiene.

Nos levava para o jardim dos fundos, mandava que a gente sentasse na grama. Entrava, demorava um pouco, voltava com outro vestido novo, uma maravilha, e toda coberta de joias. Ela mesma se anunciava:

– Lindo modelo em veludo cotelê francês...

E assim desfilava com todos os vestidos de seu vasto guarda-roupa.

Aos domingos de manhã, assomava a uma das sacadas. Olhava prazerosamente os jardins, seu orgulho, suspirava, e estendia a mão para um lado. Morena, a empregada, imediatamente se materializava para colocar-lhe na palma a alça de uma cestinha de vime. Dona Cotinha recolhia o braço e baixava os olhos para a cesta – cheia, por suposto, de pedacinhos de pão velho. Um a um jogava-os na esplanada, procurando a diversão: semeava ora à direita, ora à esquerda. Terminando, devolvia a cesta a Morena, levava aos lábios o apito que pendia, preso por uma fita, de seu pescoço, e emitia um agudo silvo.

Dos jardins surgiam os pobres, dezenas deles. Ficavam imóveis diante da casa. Somente a um segundo silvo é que se precipitavam, com espantoso alarido, para a esplanada, procurando agarrar o pão – o que faziam sem qualquer metodologia. Se numa das lajes havia, por exemplo, três pobres, na laje vizinha já não havia nenhum. Essa assimetria desagradava Dona Cotinha. Fora! – gritava. Os pobres recolhiam o que podiam e se atiravam pela escadaria guarnecida de leões.

(*Marcos*)

Subindo a escadaria guarnecida de leões, eu chegava à portaria (o antigo vestíbulo); à direita, a secretaria, a sala dos professores; à esquerda, o barzinho, a pequena biblioteca. A sala do Diretor ficava no andar de cima. Todo o resto da casa tinha sido destinada às salas de aula; os cursos funcionavam em três turnos. As salas tinham carteiras e quadros-negros, mas de resto guardavam a antiga aparência – ordem expressa de Dona Cotinha, ao doá-la à Faculdade. Na sala onde eu dava aula, por exemplo, o teto estava pintado de azul com guirlandas de pequenas flores, e anjos barrocos.

No andar de cima, meu antecessor na cadeira de História Natural havia improvisado, na única sala com água corrente – o banheiro – um pequeno laboratório.

Banheiro enorme. Chão de ladrilhos brancos e pretos, muito gastos pelo uso. Paredes de azulejos decorados – bastante danificados, várias peças faltando. As janelas, que dão para o pátio, são decoradas com vitrais.

Um deles representa uma cena bucólica: pastora apascenta cabritinhos. Cão fiel observa-a, do canto inferior esquerdo. No canto superior direito, aves fogem em rápido voo. No canto inferior direito, um alegre riacho. No canto superior, nada. Então, no sentido dos ponteiros do relógio: aves, riacho, cão, nada.

Outro vitral. Rainha recebe homenagem dos súditos: um traz espigas de trigo; outro, cabritinhos; um terceiro, flores. No lugar onde deveria estar a cabeça deste terceiro, o vidro está quebrado. Entra muito vento por ali. Uma folha de jornal diminui um pouco a correnteza do ar. Pode-se ler nesta folha uma carta protestando contra a proliferação das malocas.

À esquerda: a banheira, gigantesca, com pés em garra. Canos de bronze. Torneiras enormes, reguladas por alavancas revestidas de madeira de lei – esta adelgaçada por anos, e anos, e anos, de uso.

Uma das torneiras não veda bem. Produz, a períodos, uma gota d'água, que se faz notar primeiro como uma tênue saliência líquida, depois como um menisco cada vez mais bojudo, alimentado por invisíveis correntes. Por seu próprio peso desprende-se, o pingo, e vai se desfazer de encontro ao metal da banheira. No lugar formou-se – mas isto ao longo de muitos e muitos anos – uma grande mancha amarela, alongada como uma chama.

À direita, a pia, com torneiras semelhantes às da banheira, menores. Torneiras vedando bem. Nenhuma mancha.

O vaso. Grande peça em louça branca, de procedência inglesa, conforme evidenciado pelo nome do fabricante, estampado a fogo logo abaixo da borda, bem visível para o usuário – este, hipotético, pois certa mancha, dez centímetros acima da superfície da água, demonstra não ser o vaso utilizado há anos. Mancha de cor nogueira, formato de grosseira borboleta. Medidas: dez, talvez, por talvez sete centímetros. Coisa muito antiga.

O Diretor era um homem idoso e apegado a tradições. Ainda relutava em abandonar a ortografia antiga – não a de 1943, a outra. No diário da Faculdade, que mantinha em dia, escrevia *Chimica e pharmacia*. Descendia de uma antiga linhagem de professores – de Português, de Latim, de Lógica. Um de seus antepassados fora amigo de D. Pedro II.

Dona Cotinha era de outro ramo da família, um ramo menos culto, mas mais atuante no negócio de gêneros alimentícios. Deste ramo era o tesoureiro (thesoureiro) da Faculdade, primo segundo do Diretor, e muito entendido em ciência contábil.

O Diretor. Trajava decente. A basta cabeleira grisalha bem penteada. Traços finos – mas amargo, muito amargo. Tinha visto muita coisa na vida, coisa sórdida. Além disto, a situação na Faculdade não o deixava muito satisfeito. O processo de reconhecimento tramitava lento demais.

Avaro em palavras. Só reunia os professores – uns quarenta – para comunicações curtas e precisas: rigor no horário, pontualidade na entrega das notas.

Entre os professores encontrei – quem? O Augusto, o que tinha feito *bar-mitzvá* junto comigo. Como eu, tentara o vestibular para Medicina; como eu, fora reprovado e entrara na História Natural; e, como eu, arranjara emprego na Faculdade. Mas não é só aqui que trabalho – me disse. – Tenho mais três empregos. Estou casado, sabes, tenho filhos, a vida é dura.

Chegava correndo, assinava o ponto, dava aula, saía às pressas; entrava em seu velho carro e ia para o curso de pré-vestibular, ou para a outra Faculdade onde lecionava.

Já tive projetos – confessou-me. Quis pesquisar a reprodução de certos organismos aquáticos... Cheguei a solicitar uma verba... Mas a burocracia...

Fazia um gesto desanimado, suspirava: eu hoje gostaria de ter uma farmácia, um estabelecimento tranquilo, onde pudesse ganhar um bom dinheiro sem me incomodar.

Brilhavam-lhe súbito os olhos:

– Te lembras dos nossos treze anos? Do *barmitzvá*?

Mudava de assunto: chegava gente à sala dos professores. Chegava Raimunda, a da Sociologia. Esta tinha ambições: sonhava com teses de mestrado e doutorado. Gostaria de investigar certos comportamentos dos habitantes da Vila Santa Luzia, situada perto da Faculdade. Mas me falta tempo, dizia, e além disto tenho medo de entrar em lugar cheio de marginais. Se a gente pudesse, suspirava, montar uma vila aqui no pátio da Faculdade, uma vila em miniatura, mas com os elementos essenciais – as malocas, a tendinha de cachaça, o terreiro de macumba, o riacho... Se a gente pudesse observá-los de longe, de um lugar insuspeito – por exemplo, do laboratório lá em cima – fotografando, gravando...

E se a gente pudesse, acrescentava Rita, a de Português, estudar os hábitos linguísticos deles!

Uma professora não dizia nada: Elisa, a de Psicologia. Muito tímida. Mas bonita; loira, magrinha. Sentia-se nela uma carência profunda, uma fome interior. Eu bem gostaria de convidá-la para um passeio no domingo, com almoço. Mas estava mal de dinheiro; não podia me dar a estes luxos. Aos domingos, ficava em casa corrigindo os trabalhos dos alunos, ou então, olhando televisão com a Morena (a velha, caduca: quem é aquela moça? o que tem naquele pacote? é pão para os pobres?). Ao cair da tarde eu ia para o banheiro e ali ficava, sentado no vaso, olhando as sombras que as árvores da rua projetavam no vidro granitado da janela. Na cozinha, Morena se atarefava, derrubando panelas e quebrando pratos: hora do jantar.

Era um desastre, a velha. Cozinhava mal, botava sal demais no bife. E estava estragando minha roupa: não lavava direito as camisas, queimava-as com o ferro. Arranjei uma lavadeira, uma mulher taciturna que conhecia bem o seu ofício: esfregava a roupa com energia, mas com perícia, reconhecendo: isto aqui é bom, é seda, precisa cuidar. Tinha micose nas unhas, esta senhora, e vinha de longe resmungando, mil demônios brigando em sua cabeça. Ao chegar ao apartamento, contudo, se acalmava: parem de brigar na minha cachola, seus diabos! Isto é casa de um professor!

Contudo, deixei para Morena a lavagem da roupa de baixo. Por quê? Por que ela era de baixo, a Morena? Ou por que eu tinha remorsos? Não sei. De qualquer modo, toda vez que ela esvaziava o cesto da roupa suja, ela podia saber um pouco de mim: na camiseta, o perfume de certa mulher, Tânia Mara ou outra (mas aposto que a velha nem sentia mais cheiros); nas cuecas, sinais de passagem por casas de pasto mais (fibras de aspargos) ou menos (casquinhas de feijão) finas.

Estas diferentes mensagens faziam a alegria da velha Morena. Conheço-o, ela poderia dizer, na intimidade. Temos, ela poderia dizer, um canal direto de comunicação. Sou, ela poderia exclamar, uma extensão direta de suas entranhas.

Os longos períodos de prisão de ventre é que certamente a deprimiam; dia após dia, como uma pitonisa torturada, procurava sinais que lhe dissessem algo, compreensível ou não. Mas nada: dia após dia, o silêncio, o vazio, o branco asséptico. Se não foi por isto que Morena morreu – ela já morreu – então não sei por que foi. Estiolou-se como planta sem adubo, coitada.

Sou frugal, dizia o Diretor. Frugalidade é o que recomendo a todos. Umas verdurinhas. Uma fruta.

O tesoureiro discordava: era mais pela macarronada, pela salada de batatas, pelo vinho. Também pensava diferente do Diretor no tocante à Faculdade. É preciso mentalidade empresarial, dizia. Por mim, eu já teria vendido este casarão, já teria investido; é mais negócio funcionarmos num prédio alugado, no centro. Qual é a vantagem deste lugar? Estamos rodeados de malocas!

Por sua conta, mantinha contatos com um financista, personagem misterioso que estava investindo fortunas na compra de terrenos – milhões de metros quadrados, grandes porções da crosta terrestre. Se encontravam, o primo e o financista, no carro deste, um Mercedes preto cujas cortinas estavam sempre corridas. O tesoureiro voltava destes encontros muito pálido e perturbado: temos de vender, dizia ao Diretor.

Do laboratório, contíguo à sala da Direção, eu ouvia tudo, o olhar fixo no pingo que se formava na grande torneira da banheira.

(O tesoureiro. Sob o pseudônimo de *Leitor Preocupado* escrevia cartas aos jornais, queixando-se da Vila Santa Luzia. Mas é isto mesmo que sentes? – perguntava-lhe a esposa. Não, claro que não, respondia, isto faz parte de minha campanha para a venda do prédio da Faculdade. És esperto, dizia a mulher, admirada. Um pouco, admitia sorvendo uma colherada de sopa. Olhava o líquido, inquieto: será que é isto mesmo que eu sinto? – perguntava-se. Quê? – a mulher. Ele: nada, mulher, nada. As malocas vão sair de lá, vais ver... E vamos vender o prédio. Vamos sair de perto daquela nojeira.)

(*Vila Santa Luzia*)

O homem corre a cortina do carro, e aponta: aquelas malocas todas vão sair, está vendo, Deputado? A coisa está indo devagar, mas confio que –

Sim, diz o Deputado. E ali?

Ali? – o homem franze a testa. Perto do riacho? Uma piscina olímpica, parece... O engenheiro vai explicar. Explica o projeto para o Deputado, Rafael.

Sentado no banco da frente, junto ao chofer, o engenheiro volta-se com uma planta na mão: não é bem uma piscina, diz, é um lago natural, uma coisa bonita, com barquinhos, plantas aquáticas, no meio, uma estátua: uma pequena sereia sobre uma rocha... Ou um menino esguichando água pela piroca...

Ri; cora, vendo que o Deputado não acha graça. O senhor sabe, murmura, as pessoas gostam de água.

(*Marcos*)

No laboratório eu examinava as amostras de água. Às vezes uma estranha sensação me invadia, mas não era a emoção do cientista à beira de uma grande descoberta. Era, ao contrário, a desagradável impressão de estar sendo observado. Me voltava de repente: os vitrais da janela estavam povoados de olhos. No braço da pastora – olhos. No dorso do cão – olhos. No céu, entre as avezinhas que fugiam em voo rápido – olhos. Nos olhos da rainha – olhos. Nas águas do alegre riacho, olhos, olhos – e também narizes ranhentos, dentes cariados, dedos sujos – o vidro ali, quase transparente, deixava ver a cara dos debochados. Eram os moleques da vila. Subiam ao telhado do alpendre e ficavam espiando pela janela do laboratório.

Me vendo, fugiam. Eu corria à janela – muito tarde: já pulavam do telhado do alpendre para o pátio. Altura prodigiosa para mim! Brincadeira para os demônios. Não ficava nenhum que eu pudesse agarrar.

Minto. Uma vez ficou um. Pequeno, mirrado, o nojentinho vacilava no telhado: tinha medo de saltar. Me olhava, aterrorizado, olhava para baixo – estava só, os outros já tinham fugido.

Abri a janela, passei uma perna sobre o peitoril, passei a outra e me vi caminhando sobre o telhado do alpendre em direção ao delinquente. Nos olhávamos, fascinados, sem que um soubesse o que o outro ia fazer. Fui pisando com cautela nas velhas telhas limosas, e me aproximando – mas o que é que eu pretendia? Jogar o diabo ao pátio, para que ele se arrebentasse nas pedras? Tomá-lo carinhosamente pela mão, dizendo, não precisa ter medo, o titio vai te dar um dinheirinho? Convidá-lo para meu ajudante? Eu não sabia. Contava planejar alguma coisa à medida que me aproximasse.

Não esperou. Não pôde esperar. Aterrorizado, saltou.

Quase gritei.

Não gritei; não precisava. O garoto já se levantava, já saía correndo. De longe ainda me fez um gesto obsceno.

Suspirei e voltei para o microscópio. A água que eu examinava já tinha evaporado. Mais uma frustração – pequena, mas sempre uma frustração.

Jurei levar adiante as minhas pesquisas – de qualquer maneira. A Faculdade não tinha recursos? Eu arranjaria os recursos sozinho. E, sozinho, faria a descoberta. Sozinho, sem colaboradores, sem amigos – como até então tinha vivido. Sozinho e em segredo.

Para Elisa eu abriria o jogo... Se ela quisesse. E quase quis: Elisa, a professora de Psicologia.

Fomos apresentados – prazer, prazer – na sala dos professores. Nos demos as mãos. A minha, modéstia à parte, uma mão firme e tranquila de pesquisador. A dela deveria ser acolhedora, compreensiva – mão de psicóloga – mas não, era arisca, parecia um pequeno mamífero assustado, um ratinho. Na minha mão, a mão dela hesitou – fica, não fica, sai, não sai, todos os músculos e tendões sobressaltados pelos mais contraditórios abalos. Terminou se retirando. A mão, não ela. Ficou na sala, esforçando-se por manter uma conversa normal, o busto oculto através do caderno de chamada, e, sobre este, os braços cruzados. Couraça. (O que temia? Estupro? Medo infundado, considerando-se o local, a hora, o interlocutor; mas apoiado talvez em notícias de jornal, e na proximidade de uma vila de marginais, esta dotada, inclusive, de um córrego não saneado. Porcaria.)

Ofereci-lhe um café. Eu mesmo servi na pequena xícara o líquido escuro (seria melhor que fosse algo branco, como o leite; de qualquer modo desprendia um vapor tépido, envolvente); coloquei-lhe três colheres de açúcar, visando adoçar-lhe a boca, o sangue, as fantasias. E mais, pedi-lhe que sentasse. Sentou-se.

Conversamos bastante. As aulas tinham sido suspensas devido às eleições, obrigatórias, para a presidência do Centro Acadêmico; assim que tínhamos tempo. Abordamos inicialmente as condições meteorológicas; teci considerações sobre as últimas chuvas. Chuva – gotas d'água que caem do céu (para os leigos), ou das nuvens (mais certo); se entranham na terra, se incorporam ao lençol freático e formam os córregos – mas isto eu omiti, na palestra.

Falamos sobre o tempo, sobre os alunos, o baixo nível dos alunos. Falamos um pouco sobre a má qualidade do giz.

Até então bailávamos juntos, mas então ela passou a ensaiar os passos sozinha e – veja, eu posso! – Começou a falar dela mesma, e do seu trabalho. Eu amo o meu trabalho, disse, com ímpeto, e eu acreditei. Falou-me de certos meandros da mente, a qual comparou a um labirinto. Estou interessada na tomada de decisões, disse; gostaria de fazer pesquisas sobre o assunto, mas infelizmente preciso de recursos, e a Faculdade –

Calou-se. Compreendi-a: por nada faltaria com o respeito à instituição. Mas gerou-se o silêncio, e o silêncio como uma bolha crescia, na sala vazia e empoeirada pouco iluminada por umas fluorescentes que zumbiam monotonamente. Olhávamos para o chão, para as largas tábuas. Olhávamos ambos para o mesmo ponto, para uma mancha de curioso formato. E, o que eu associava àquela mancha, e o que ela associava àquela mancha, eram coisas bem perigosas... Como ela sabia, da experiência com certos testes. Subitamente, perguntou se eu não queria lhe mostrar o laboratório.

Claro, eu disse.

Subimos. As salas de aula estavam vazias. Um servente varria o corredor.

Extraí do bolso a grande chave – uma relíquia – e abri a porta do laboratório. Acendi a luz (forte lâmpada, colocada por mim mesmo e paga do meu bolso). Dirigiu-se à mesa; queria, presumi, tirar de seu campo visual a constrangedora imagem do vaso. Isto aqui é um microscópio, eu disse (um pouco embaraçado também. O que estava havendo?). Coloquei numa lâmina uma gota de água do riacho. Ela espiou pela ocular. Eu a olhava. Estava bonita assim, um olho fechado, os lábios entreabertos.

O rosto se iluminou.

O que estava vendo? Um rosto? Um rosto de mulher? Um rosto igual ao seu – como se na lâmina houvesse, não uma gota d'água, mas sim um diminuto espelho? (Mas neste caso, seria o rosto que ela estaria vendo – ou um círculo negro, cercado de outro, iridescente, azul?)

De qualquer modo, os olhos que levantou para mim estavam lacrimosos. O que me deixou perturbado;

preferi atribuir o fato à poeira. Ou ao esforço feito para enxergar alguma coisa na gota d'água.

Ai, que a emoção me invadia. Eu queria falar, falar muito. Queria contar do meu projeto.

Meu projeto tinha como objetivo final uma vida feliz. Detalhes? Aqui estão, querida, nesta sucessão de *slide*s que visam tornar mais didática a minha exposição.

O primeiro *slide* mostra, o quê? Eu e tu conversando num laboratório improvisado no banheiro da antiga mansão. Muito bem. O seguinte, por favor.

No segundo *slide* estamos nos beijando. Observa. Tu resistes um pouco... A tua mão esquerda tenta me repelir, mas a direita me agarra apaixonadamente os cabelos. Sob a cabeleira, sob o crânio, dentro do meu cérebro – qual o pensamento que gira num turbilhão? *Será que o servente não anda por aí*, é o pensamento. Fugaz, dissipado pela avassaladora paixão.

O terceiro *slide* mostra a mesa – isto é, a parte de cima da mesa, os microscópios. E nós, onde estamos? Ah: debaixo da mesa. Isto mesmo. Transtornados, caímos ao chão, rolamos para baixo da mesa.

O quarto *slide* não vou mostrar. Prefiro, discreto que sou, que imagines a cena. Imaginaste? Sim. E gostas. Acho que gostas.

Não, não terminaram os *slide*s. Não te assusta, não vou te abandonar. A minha concepção de vida feliz não se restringe ao sexo. Sexo, apenas sexo, é coisa para ratazanas, querida. Aspiro a mais.

Cena do nosso casamento. Essa aí, vestindo um discreto *tailleur* cinza, é minha mãe. Este aí, ao lado dela, é o seu secretário, Gatinho. O que tem ela na mão?

Não sei. Pode ser um punhal; ou a faca ritual que meu avô usava para a circuncisão (quem sabe, ela adivinha que o primeiro filho será um menino).

Esses aí tu conheces, são os nossos colegas professores da Faculdade. Olha bem, porque daqui por diante vais vê-los pouco. Sim, porque a esta altura já não trabalho mais aqui. Sou um pesquisador, um cientista. Trabalho para uma grande Fundação.

O *slide* seguinte mostra alguns dos convidados ao casamento. Quem é esse, perguntas. Esse homem elegante, de sobretudo, manta branca, óculos escuros? Não sei. Não é convidado teu? Não? Então não sei. Esse outro, o homem triste, de óculos, também não sei quem é. E olha um ratinho! Um ratinho branco, de pezinho ao lado do bolo! E vê como brilha o olho do peixe que está na travessa! Estás vendo a porta do fundo? Por ela fugiremos. Tomaremos o meu carro (sim, já terei um carro), iremos para um hotel em Gramado. Lá nos amaremos decentemente. Não precisaremos mais rolar para baixo de mesas, como no *slide* três. Olha aí, nesse *slide*, nós entre as hortênsias.

O *slide* número nove mostra já os frutos do nosso amor. Temos dois filhos. O menino se chama Paulo Roberto; a menina Márcia ou Patrícia. Este carro aí, no fundo, é o nosso Fusca. Carro pequeno, porém prático. Nós o trocaremos a cada dois anos.

Aqui estamos, viajando para Santa Catarina. Viajamos todos os anos. Eu aproveito para bater *slide*s, que depois mostro aos nossos amigos, em nosso apartamento, que não é muito grande, mas que tem três quartos, living amplo, esquadrias de alumínio, azulejos até o teto, metais italianos no banheiro (belo banheiro;

a única coisa que tenho contra ele é que me parece estimulante demais. Favorece pouco a meditação).

Olha os nossos amigos, recostados em almofadões, bebendo vinho e conversando. Estes quadros na parede, tu mesma os fizeste, pois o casamento desenvolveu tua criatividade – agora pintas e fazes expressão corporal. Com esses amigos, jogo futebol aos sábados, com eles vamos ao cinema, ao teatro, ao restaurante. É uma vida feliz; feliz.

Estás gostando do projeto? Claro que estás. Por que não haverias de? É um bom projeto.

Vamos mudar um pouco o roteiro.

Este *slide* mostra-nos, a mim e a ti, nós dois parados, de pé, olhando para a frente. Porque somos ali seres imaginários, façamos com que os olhos se animem, que o olhar adquira intensidade. Nossos olhares se cruzando geram um campo de extraordinária energia (nós nos amamos, te lembras?). É possível que aí se materialize a figura que persigo sem cessar. Foi assim que nasceram no firmamento o Centauro, o Leão, a Ursa Menor e mesmo a Maior. E se estas criaturas hoje já não galopam nos céus é porque são frios os olhos que as procuram. Não é frio, porém, o olho que examina as águas de certo riacho. Queima, este olhar, de mil febres: a palustre, a tifoide. Por que não tem febre a gente que bebe esta água? O olho espia pelo microscópio e busca

(*Pequena Sereia*)

outro olho, igualmente ardente: o da Pequena Sereia.

(Ela caça, gulosa, as bactérias; aprecia-as, devora-as aos bilhões. Povoa-se de bactérias: entrai para dentro de mim, queridas, travessas, excitai-me com vosso inquieto movimento!)

(*Esther*)

Inquieta, sempre, e segundo Tânia Mara cheia de ideias: queria abrir um bordel só para adolescentes, a cargo de uma equipe de mulheres bem treinadas, aptas a iniciar os jovenzinhos temerosos. Ou, alternativamente, pensava num cabaré de normalistas ao qual só teriam acesso velhos fazendeiros. E o dinheiro para isto? – suspirava Tânia Mara. Ninguém as queria, estavam ficando velhas. Esther percorria as ruas, de jipe ou a pé. A procura de alguém; olho atento, olho vivo,

(*Marcos*)

o olho espia pelo microscópio e procura.

Não acha nada. Nem olho, nem rosto, nem amebas, nem bactéria – nada. É só água. Limpa. O que torna tão limpa esta água?

Me sorria, ela.

Tu vês, Elisa, eu disse, é isto o que tenho de descobrir – o que há com esta água.

Não respondeu. Sorria, apenas, embaraçada. Resolvi mudar de assunto: perguntei-lhe sobre seu trabalho.

Falou-me de suas experiências com (sorriso) Sócrates, o esperto ratinho branco. Colocado em labirintos, em armadilhas, Sócrates enfrentava os problemas da dúvida: queijo ou choques elétricos? Água ou vinagre? E sempre se saía bem. Entusiasmada, ela tomava notas e esboçava sua tese de mestrado. Precisava, contudo, de muitos ratinhos brancos, de aparelhos; e não havia recursos. Esgotado, doente, Sócrates recusava-se a tomar decisões; ficava apático, a um canto. Acabou morrendo, e ela ficou sem rato nenhum.

Augusto sugeriu-lhe capturar, com ratoeira, as ratazanas da casa. Duplo benefício: animais para experiência e higiene. Ela recusou indignada: não trabalharia com animais feios, sujos. Ameaçou: a partir de agora, senhor Diretor, as minhas aulas serão puramente teóricas. O Diretor tinha outras preocupações: a Faculdade ainda não estava reconhecida, apesar das promessas do Deputado.

Me contava essas coisas, me olhava como a pedir socorro. Mas o que é que eu poderia dizer? Falei das ratazanas – realmente abundantes, na Faculdade. Contei, a propósito, um episódio.

Uma noite, eu estudava amostras d'água ao microscópio. De repente, um ruído. Levantando a cabeça eu vira uma ratazana cinza, enorme, arrastando-se devagar sobre os ladrilhos. Eu passara a mão numa vassoura, eu saltara para a bicha. Eu golpeara; fora mais rápida, correra para o ralo do esgoto e ali sumira, o corpo num instante, o rabo mais devagar, como que debochando. Sumira.

– E então? – perguntou Elisa, a ansiedade transparecendo na voz.

– Então nada – respondi, confuso. – A bicha fugiu, pronto.

Irritei-me: que diabo queria ela de mim? Que eu inventasse histórias para consolá-la?

– Fugiu. É isto. Fugiu.

Levantou-se, foi até a janela, abriu-a. Chorava. Os soluços sacudiam-lhe os ombros. Aproximei-me, abracei-a por trás. Estremeceu, mas não fugiu.

Minutos ficamos assim, imóveis. Imóveis por fora. Nossa superfície exterior era lisa como porcelana – como porcelana um pouco empoeirada. Mas por dentro éramos uma estranha e convulsa paisagem: uma atmosfera de densos vapores, uma floresta de grossas árvores e fetos gigantescos; e um gotejar de líquidos, e um escachoar de correntes, uma alaúza de araras, um despropósito de macacos a pular nos cipós retesados que eram nossos nervos. Um longínquo trovejar: a chuva dos hormônios se anunciava, a tempestade de paixões!

Eu não ousava me mexer; temia que um movimento mais brusco espantasse a frágil criatura. Eu estava tenso, mas bem que podia ser firmeza, e provavelmente ela sentia como firmeza, porque foi se relaxando, se afrouxando, sentindo-se, claro, abrigada na fortaleza de uns braços que, se não eram dos mais musculosos, também não eram espeques raquíticos. A cabeça veio se inclinando lentamente para trás, veio se aninhando no meu peito; e dos seios dela minhas mãos estavam a apenas alguns centímetros. Centímetros? Metros! Mas não uma distância infinita, de qualquer forma. Meus dedos já se preparavam para o assalto. Lá embaixo, teso, em posição de sentido, o valente Capitão aguardava apenas a ordem para invadir o rebelde, mimoso reduto.

E aí – alarma geral! Ela se inteiriçou de repente, com uma exclamação abafada. Que foi, perguntei baixinho, mas também assustado, eu. Não me respondia, olhava fixo para a frente, para baixo. Olhei também.

Projetada no telhado do alpendre, abaixo de nós, estava a gigantesca silhueta dela, encimada por um oval deformado – minha cabeça. Ora, são sombras, eu ia dizer – mas aí vi a outra sombra, projetada pela lâmpada da sala ao lado. O servente? Não, se fosse o servente menos mal – mas, olhando instintivamente para o lado, vi duas mãos apoiadas no peitoril. Eram mãos enrugadas, mas enérgicas. Mãos de dono. Mãos do Diretor!

Ela se desprendeu de mim e saiu correndo. Fiquei desconcertado. Mas, que diabo: não tinha feito nada que um homem não devesse fazer. Suspirei, sentei-me à mesa, acendi a lâmpada do microscópio. Espiei pela ocular: não via sombra de mãos, não via uma sereia sorridente. O que tornava limpa a água? Ainda não foi naquela noite que eu descobri.

(*Esther*)

Pensou em procurar Rafael. Hesitava. Durante todos aqueles anos não o vira – a não ser de longe, casualmente. Ele também não a procurara para saber de seu filho. Repugnava-lhe, portanto, pedir ajuda a um tal indivíduo. Por outro lado – a quem recorrer? Parentes, não tinha; os amigos haviam desertado. E ao filho não incomodaria, nunca. Mas Rafael?...

Foi o acaso que decidiu. Dirigia o jipe pela cidade, sozinha, ao entardecer de um dia ameno. Parou numa sinaleira, ao lado de um bonde; e ali estava ele, o Rafael, de pé na plataforma. Reconheceu-o de imediato. Os óculos, o mesmo olhar. Grisalho, de terno e gravata, mas o mesmo Rafael. E ainda bonito.

– Rafael!

Olhou-a surpreso, esboçou um gesto. De contrariedade? De prazer?

– Vem! Sobe aqui, Rafael!

Hesitava – ele também? O sinal abriu.

– Vem!

– Ele saltou do bonde em movimento, embarcou no jipe. Não se beijaram, não se abraçaram, nem se olharam. Ela já arrancava. Seguiu pela avenida.

Não se olham, mas sabem para onde vão – em direção à antiga Casa. Passam por ruas que as escavadeiras recém abriram – terra vermelha, fresca, onde mesmo o jipe patina. Trabalho aqui, murmura Rafael a certa altura, como se falasse para si mesmo.

Ela enivereda por um campinho ainda não desbravado, coberto de gravatás. Vai derrubando arbustos. Para, desliga a máquina.

Estão no alto mesmo do morro. Lá embaixo, a cidade; a alguma distância, a Casa, fechada. Ela rompe o silêncio.

– Então, Rafael? Como vais?

Vou mais ou menos, ele responde. Tenta acender um cigarro, não consegue; não é porque trema; não treme. É o vento. O vento apaga todos os fósforos que acende. Desiste e guarda o cigarro no bolso. Suspira.

Sempre olhando a cidade, dá detalhes: casei, diz, tenho três filhos. Moro num bom apartamento.

Estou esperando um carro, deve chegar no mês que vem. E tu, Esther? – pergunta – mas será que quer resposta?

Eu vou mal, querido – ela também suspira. Já estive melhor, mas as coisas se viraram contra mim. Ultimamente, nada tem dado certo.

Conta o ocorrido com o bordel. Conta sem emoção, como se estivesse fazendo um relatório. Rafael ouve em silêncio. Está acostumado a ouvir, nota-se.

Ela conclui: eu estava mesmo pensando em te procurar, Rafael. Estou precisando de ajuda. Nunca te pedi nada. Criei sozinha o nosso filho. Poderia pedir a ele... Mas não quero. Está começando a vida, sabes. É professor, ganha pouco... Poderias me ajudar com alguma coisa?...

Infelizmente, não é possível – diz Rafael. Sou engenheiro, como te disse; mas empregado. Trabalho para um grupo importante; aliás – adivinha quem está por trás de tudo, inclusive do condomínio que será lançado aqui?

Volta-se para Esther, sorrindo:

– O teu amigo Leiser!

Eu bem que desconfiava, ela diz. Golpeia o volante: o ordinário! Aponta o dedo para Rafael – e não está pedindo, está mandando: mais uma razão para me ajudares, Rafael. Mais uma razão.

O sorriso desaparece do rosto dele. Tira o cigarro do bolso, tenta acendê-lo de novo – e desta vez consegue. Não vai ser possível, Esther – repete, soltando uma baforada que o vento atira ao rosto dela. Não vai ser possível.

Explica: ganho pouco, o sustento da família consome quase tudo. Dá mal e mal para um jantar de vez em quando, com os outros engenheiros da companhia e suas esposas – e mesmo assim, porque preciso fazer estes contatos.

– Além disso – diz (uma voz surda, rancorosa) – estou doente. A sífilis que tu me passaste me atacou o coração. Estou bem doente.

Atira longe o cigarro. Ela não diz nada. Liga a máquina e toma o caminho da cidade.

– Me deixa em qualquer lugar do centro – ele pede.

Ela para na mesma sinaleira em que o encontrou. Até a vista, diz olhando-o – curiosa? Curiosa, sim. Mas sem emoção.

Ele sorri. Desce, com dificuldade, ofegando um pouco – está mesmo doente. Volta-se para ela:

– E o nosso filho, como vai? Como é ele? Sabes que eu nem o conheço, Esther. Nem sei se saberia que é meu filho, se o encontrasse na rua. Como é ele?

Ele faz um gesto vago. Como é o Marcos? Será como o rapaz que passa apressado à frente do jipe, uma pasta na mão? Como o homem jovem e bem-vestido que está parado na calçada? Como o homem que os espia do alto de um edifício? Como aquele ali? Como aquele outro?

– Ele é professor – diz Esther, com orgulho. – E vai longe. Vais ver! Longe! Ainda verás o retrato dele no jornal.

Buzinas ressoam atrás dela. Abana para o Rafael, arranca à toda.

(*Marcos*)

Até onde eu podia ir, eu tinha ido. Precisava agora de recursos para a minha pesquisa. Precisava de financiamento.

Falei com o Diretor. Sorriu, triste: de que jeito, professor? Mal tenho verba para o giz. Não pude nem comprar cobaias para a professora Elisa... E o senhor sabe a ânsia que ela tem...

Eu sabia: com licença, eu disse, e fui me levantando. Eu já na porta, ele disse:

– Mas se o senhor quiser procurar recursos externos para a sua pesquisa, a Faculdade dará a necessária cobertura. O senhor poderá falar em nosso nome... Nós lhe daremos uma carta de apresentação.

Falei com outros professores, falei com altos funcionários. Me indicaram possíveis fontes de financiamento, a maior parte no Rio. Siglas iam se acumulando na minha caderneta.

Preparei o protocolo da pesquisa e me toquei para o Rio. De ônibus; não tinha dinheiro para ir de avião. Cheguei numa manhã de sol. Hospedei-me num hotel modesto no Flamengo. Tomei banho, barbeei-me, vesti-me e tratei de pôr mãos à obra. Peguei um táxi e dirigi-me ao escritório de uma fundação americana de pesquisa – o endereço mais promissor de minha lista.

O escritório ocupava três andares de um grande e moderno prédio. Entrei, dirigi-me à secretária: sou o Professor Marcos, do Rio Grande do Sul.

Pegou a carta de apresentação que eu lhe estendia, pediu-me – num português muito correto, com leve sotaque – que eu aguardasse. Ali fiquei, numa poltrona confortável daquela sala refrigerada. Meus olhos se fechavam e ondas de bem-aventurança me embalavam. Aquele era o lugar que eu sempre desejara para mim. A secretária voltou: pode passar, senhor Professor, o Diretor vai recebê-lo agora mesmo. Entrei numa sala pequena, mas elegantemente mobiliada. O Diretor adiantou-se para me receber.

Era um homem de certa idade, alto e magro, de óculos. A expressão era de tristeza antiga, intrínseca. Mas me deu afavelmente a mão, se esforçando por sorrir.

Expliquei-lhe o assunto. O senhor sabe, eu disse, à guisa de introdução, como é importante o problema do saneamento em nosso país. Sim, ele sabia, e eu fui falando sobre o meu projeto – mas a depressão daquele homem! Cabeceava de sono, embalado pelo monótono zumbido do ar-condicionado. Decidi mostrar-lhe logo o documento; abri a pasta e – *presto*! – caiu dali um maço de folhas de papel higiênico. Arregalou os olhos, surpreso; eu fiz um comentário qualquer (as coisas que a gente tem de usar hoje em dia), constrangido que estava, mas a verdade é que o incidente o animou. Inclinando-se para a frente, me confidenciou que sofria de prisão de ventre; tomava umas gotas, dez era pouco, quinze demais, tentava onze ou doze, às vezes acertava, às vezes não. Flagrou-se no assunto, tossiu: é melhor voltarmos ao projeto. Estendi-lhe o protocolo; leu-o rapidamente, deteve-se num e noutro ponto: interessante, era o que dizia, parece interessante.

Consultou o relógio: não quer almoçar comigo?

Fomos ao restaurante da Fundação, lugar discreto, de bom gosto: painéis de madeira escura, toalha branca, cálices; música ambiente, ar-condicionado. Mas era o restaurante de um lugar de trabalho: sentamo-nos, o garçom veio em seguida e nos serviu de frango com creme de milho. A comida era boa; mas – certamente – secundária: importante era o contato. O Diretor agora falava muito, sobre a situação da pesquisa no país. Eu é que estava alheado; mirava o milho, os grãos amarelos, sol aprisionado numa tênue película.

Na sobremesa o Diretor já estava olhando o relógio, tinha outro compromisso. Tirou do bolso a caderneta para anotar o meu endereço. Estendi-lhe minha caneta de ouro. Olhou-a demoradamente; olhou-me demoradamente; por fim, anotou o endereço. Despedimonos, ele prometendo dar notícias em breve.

Dormi toda a tarde, à noite fui ao cinema, voltei para o hotel derreado – muitas emoções em pouco tempo! Dormi como uma pedra.

A manhã me viu de pé, no banheiro, contemplando no vaso a curiosa entidade que eu tinha produzido: um objeto cilíndrico, bem formado, de cor saudável, textura fina, superfície lisa, quase acetinada. E tinha, à guisa de olhos, dois grãos de milho.

Flutuava displicentemente, a graciosa criatura. A descarga vazava; a corrente que fluía marulhando orientava-a ora para o norte, ora para o nordeste, ora para o sul. De repente virou-se e ficou boiando de costas. Estava tão bem ali, que vacilei em dar a descarga. Mas não podia deixar sujeira no vaso: apertei o botão.

Descarga vigorosa, turbilhão, bolhas – e quando a superfície se acalmou estava limpa, sem nenhum vestígio do que ali existira. Fim, pensei. Fim!

Saí, comprei um calção de banho, voltei ao hotel, despi-me, olhando o vaso, vesti o calção e fui para a praia.

Passei a rebentação e fui nadando longe, longe, mas sempre melancólico. Nadando, eu chorava, sabendo que minhas lágrimas se misturariam ao mar, não me acarretando nenhum problema. De súbito, o que avisto, boiando? O pequeno cilindro marrom, com seus espertos olhinhos amarelos! Não pude conter um grito de alegria: era um bom presságio, aquilo! Sinal quase seguro que meu protocolo de pesquisas seria aprovado pela Fundação! Eu já podia até ver o trabalho feito, um volume elegantemente encadernado: *Depuração de Resíduos Fecais em Pequenos Cursos de Água*. Eu já podia até ver uma notícia de jornal: *Professor gaúcho anuncia importante descoberta no campo do saneamento básico*. Eu estava salvo, graças a um peculiar dejeto!

Nadei para ele, rindo e chamando. Afastava-se de mim, porém; afastava-se rápido, talvez levado por uma corrente marinha, talvez propelido, como um esperto naviozinho, por uma força desconhecida para mim. Parecia evitar seu próprio criador. Aceitei tal ressentimento. Compreendi que eu não fora feito para aventuras marítimas, que meu lugar era a terra firme, e que não me competia segurar aquilo que um dia fora parte de mim. Ele que ficasse no oceano, nave de pequenas sereias; ele que se desfizesse lentamente entre medusas e golfinhos; ele que se deixasse incorporar a criaturas microscópicas. Um dia talvez voltasse a mim, suas moléculas disseminadas entre as fibras brancas de um filé de peixe. Um dia. Eu agora estava em terra firme, caminhando em direção aos altos edifícios, procurando o hotel, achando o hotel, pegando minha chave na portaria, entrando no quarto. Fiz a minha mala e voltei a Porto Alegre, cheio de esperança.

(*Esther*)

É então que ela encontra o Gatinho. Começam daquele jeito: mal, brigando; mas depois se entendem. Moram no pequeno apartamento dela, dividem seus poucos ganhos.

Gatinho remoça-a. Gatinho, o safado, remoça-a. Que delicadeza de gestos. Que mãos de fada. Às vezes, só para diverti-la, rouba-lhe o colar. E enquanto ela ri, despe-a – zás, trás – e se insinua de mansinho. Bem como um ladrão, diz Esther. Seu rosto se escurece: é Leiser que ela lembra. Quem é Leiser? – pergunta Gatinho. Um bandido ela diz, um verdadeiro bandido. Ocorre-lhe uma ideia: tu não poderias, Gatinho, roubar uma coisa dele? Um caderno de capa escura? Acha graça, o Gatinho. Ela grita: não é para rir! Fica furiosa quando fala no Leiser.

Está bem, diz o Gatinho. Só me diz então onde é o escritório dele, ou a casa. O escritório? – Esther, desconcertada. A casa?...

Não sabe. Conhece o carro de Leiser, o Mercedes preto; a casa não. Terminam de jantar, recolhem os pratos. Vão – ela e Gatinho – lavar a louça. Vivem modestamente.

(*O Mohel*)

Ali na aldeia todos eram pobres. Lavradores. Carpinteiros. Pintores. Leiteiros. Sapateiros.

Havia um rico. Antigo Capitão do exército polonês, agora casado com uma condessa, o rico tinha um castelo, terras; todo o mundo trabalhava para ele. Não era feliz; sonhava em ser general, e isto jamais conseguiria. Mas passeava garboso pelas ruas da aldeia, num uniforme desenhado por ele mesmo: galões, alamares, medalhas, um bastão debaixo do braço, e o chapéu adornado de plumas. Aos sábados (e tinha de ser bem no dia sagrado para os judeus) seus capangas, armados, percorriam as casas, intimando os moradores a se reunir na praça. Ali, do alto um palanque, o Capitão fazia-lhes um discurso. Em frases curtas como rajadas, espumando, cuspindo os que estavam mais perto, vociferava contra a imoralidade, o paganismo, a indisciplina, a leviandade. Ao final, todos tinham de se ajoelhar, enquanto ele de pé, os braços erguidos para o céu, pedia o castigo divino para os pecadores.

Uma vez, mandou chamar o *mohel* ao castelo. O empregado que trazia a mensagem não sabia do que se tratava – mas, autoritário, intimou o *mohel* a se apressar.

Subiram correndo a colina. No castelo, o *mohel* foi conduzido por longos corredores e salões soturnos; finalmente, chegou ao Capitão. Sentado numa poltrona junto à lareira, ele fumava o cachimbo, as botas sobre um tamborete de veludo.

– Está aqui o velho judeu, senhor – disse o empregado. O Capitão levantou os olhos – frios, aqueles olhos. Vem cá, disse.

Mas o velho não conseguia se mover. Praguejando, o Capitão levantou-se, foi até ele e puxou-o pela barba para junto da janela.

– Atende, quando eu te chamar! – gritou.

Sim senhor, gemeu o *mohel*.

O Capitão ficou a olhá-lo, testa franzida:

– O que é mesmo que eu queria?... Esqueci... Por tua culpa! Esqueci... Ah, sim. Já me lembro.

Apontou dois homens que estavam parados, de pé, os gorros nas mãos, junto à porta.

– Estes dois idiotas aí se dizem meus capatazes. Mas são uns bandidos. Estão estragando o meu gado.

Tornou a se sentar.

– Quero, judeu – tomou um tição aceso da lareira, acendeu o cachimbo –, que vás com eles ao estábulo. Vais castrar o meu gado.

O velho ficou em silêncio.

– E então? – gritou o Capitão.

Gaguejando, o *mohel* explicou que fazia circuncisões, não castrações.

– E daí? – zombou o Capitão. – Qual a diferença?

O *mohel* tentou explicar que não poderia assumir tamanha responsabilidade, com o fino gado de Sua Excelência.

– Então sai daqui – disse o Capitão, impaciente. – Vai, vai. Desaparece.

Murmurando desculpas, o *mohel* bateu em retirada. Atrapalhado, perdeu-se nos corredores, entrou num quarto – e lá estava a Condessa sem roupa. Aos gritos dela, acorreram os empregados e expulsaram o velho.

Nunca mais foi o mesmo. Perdeu a disposição, o apetite, a natureza. Na cama, à noite, a mulher procurava-o, timidamente; ele fingia estar dormindo. Isto quando não a repelia com um safanão.

Ia à praça todos os sábados. Espontaneamente; não precisavam chamá-lo. Ficava a olhar o Capitão, sempre ereto, sempre com o chapéu de plumas.

O *mohel* sonhava com o Capitão. Via-o de pé, sozinho, sobre uma suave colina. Aproximava-se devagarinho, com muita dificuldade, porque a colina era feita de uma substância pastosa, que cedia a seus pés. Mas avançava, enfim; na mão, a lâmina ritual da circuncisão. Antegozava o momento em que cortaria a pele daquele pescoço, a pele um pouco engelhada, mas ainda macia, delicada.

Acordava com a mulher a beijá-lo. Afastava-a, impaciente; o sonho se fora. E um sonho perdido, lamentava-se o *mohel*, não volta mais.

(*Marcos*)

Se desfazem as ilusões com a chegada de uma carta da Fundação. Contém o meu protocolo de pesquisa, e uma carta do Diretor. Em poucas e corteses palavras ele me informa que, devido ao corte de verbas, a Fundação não poderá financiar a pesquisa sobre a depuração de resíduos fecais em pequenos cursos d'água.

Termina se desculpando e me desejando felicidades. Atenciosamente, etc.

Tonto, vagueio de um lado para outro do apartamento, chocando-me às vezes com a velha Morena, que erra pela casa como um fantasma.

E os meus presságios, Morena? – berro. Não sei do que estás falando, resmunga, e vai ao banheiro recolher a roupa suja.

Preciso de alguém que me console, que me dê um apoio. Mas quem? Elisa? Ainda me evita. Esther não sei por onde anda. Tânia Mara! Tânia Mara serve.

Tomo um táxi e vou à casa dela, na Vila Santa Luzia.

A porta está entreaberta. Vou entrando. Tânia Mara está sentada num sofá-cama rasgado, absorta na televisão: o gato persegue o rato. O gato, furioso, persegue o rato, ao som de música frenética. De repente, a situação se inverte e o rato passa a perseguir o gato.

Tânia Mara não nota minha presença. Testa franzida, olha atenta a tela. Não está se divertindo, de modo nenhum; mas está concentrada, o cigarro apagado pendendo de um canto da boca, o chambre floreado completamente aberto, deixando ver os grandes seios.

– Posso entrar?

Volta-se, assustada. Me reconhece, sorri: tu por aqui, Marcos, que novidade!

Levanta-se para desligar o televisor, mas antes acompanha um pouco o desenho que iniciou: agora é o gato que corre atrás do rato, os olhos brilhando de fúria.

Pergunto por minha mãe. Não, ela não sabe de Esther, não a vê há tempo.

– Ela agora anda com aquele tal de Gatinho. – Faz uma careta de desgosto. – Isto eu não aprovo, Marcos. Sou muito amiga da tua mãe... Enfrentamos juntas muita coisa... Mas isto eu não aprovo. Com ladrões não me meto.

Lança um olhar furtivo para o televisor: está completamente apagado, mesmo o pontinho luminoso da última cena desapareceu. Naquele pontinho um microscópico gato poderia agarrar um igualmente microscópico rato; poderia sacudi-lo até a morte, enquanto iluminados pelo brilho agônico da válvula ainda quente. Mas a tela agora está escura.

Volta-se para mim: desculpa não te oferecer nada, Marcos, mas é que a geladeira estragou, não tenho nada em casa.

Queixa-se: querem uma fortuna para arrumar uma porcaria de uma geladeira. Ah, mas não arrumo. De onde é que eu vou arranjar a grana?

Estás mal, arrisco.

Concorda triste: é verdade, Marcos, é verdade. Sabes, não sou das mais moças, nesta idade não é fácil. E as menininhas, todas tomando pílulas, todas dando, quem é que aguenta?

E a casa? – pergunto. Vão demolir, responde. Uma firma aí, não sei o nome. Estão comprando tudo por aqui, faz tempo. Estão querendo fazer uns quinze edifícios, e casas, coisa de alto padrão, muito luxo. Ali onde é o riacho, sabes?, vão fazer uma piscina enorme. Ri: dizem que até a Faculdade lá em cima vão demolir.

Continua falando, mas já não a ouço. Então vão acabar com o riacho! E o projeto? O meu projeto, como é que fica?

Tânia Mara agora monologa: ah, se eu tivesse meu professor, eu estaria com a vida feita, homem bom estava ali, só que ele mora no Rio, é longe, não tenho dinheiro para a passagem –

Levanto-me. Levanta-se também, seus grandes olhos redondos, melancólicos, postos em mim. A cama está um pouco desarrumada, diz, não queres aqui mesmo no sofá?

Puxo-a para mim, abraço-a. Entre os cabelos grosseiramente tintos de preto aparecem os fios grisalhos. Suspiro: fica para outra vez, Tânia Mara, daqui a pouco tenho que dar aula. Tu é que sabes, ela diz, eu estou aqui às ordens. Sorri: até me botarem para fora.

Beijo-a, saio – e já a música do desenho animado invade a casa. Rato persegue gato?

Encontro os três ceguinhos. Caminham em fila, encurvados, velhos que são. Detenho o primeiro, os outros param imediatamente (que sistema de comunicação funcionará entre eles?). Ficam imóveis, as cabeças estendidas para a frente, ansiosos: quem é?, quem é?

É Marcos – digo. Eles me rodeiam, me abraçam, me perguntam por Esther. Respondo que está tudo bem, tudo certo; e vocês, ceguinhos? Ah, suspiram, temos de nos mudar... Mas por quê, pergunto, o que passa por aqui? Não estão bem certos; uma firma está comprando todos os terrenos da Vila, mas eles não sabem por quê. Ouvi falar em petróleo, murmura um, e outros balançam a cabeça, impressionados: petróleo. Falam do chão, sempre úmido, sempre malcheiroso: petróleo, não será?

Abraço-os, olhando para o líquido escuro que flui no valo. Petróleo? Não. Dejetos, amigos ceguinhos, conhecem? Dejetos. Estas bolhas escuras que sobem lentamente do fundo, e que deslizam, irisadas pelo sol, contêm a última mensagem de desgraçados naviozinhos. Furadas com um alfinete, ou mesmo com um prego enferrujado, deixariam escapar, com tênue suspiro, o flato que contêm. Eu nunca as furei. Observava-as. Minha perspectiva não era a mesma das vorazes ratazanas que correm pela margem do valo.

Despeço-me dos ceguinhos e sigo em frente. Vejo operários demolindo casinhas. Outros dão os retoques finais numa construção de madeira – provavelmente o escritório da firma empreiteira. Diante dela, um Mercedes preto.

Anoitece. Está quase na hora de minha aula. Dirijo-me à Faculdade. Quando estou entrando, passa por mim o Mercedes preto, estaciona no pátio. Um homem desce, sobe as escadarias da Faculdade. Vejo-o de costas; noto apenas que está bem-vestido, e carrega uma pasta.

Termino minha aula, entro no laboratório, sento-me ao microscópio. Estou sozinho, de costas para a janela; de repente ouço um leve ruído... É no telhado do alpendre. Apago a luz, fico observando a janela, iluminada de fora pela lua. Súbito – e como eu esperava – passa por ali um vulto. Ah, moleques! – murmuro. – Nem de noite me deixam trabalhar!

Aproximo-me cautelosamente da janela, e espreito pelo vidro.

Há um homem no telhado do alpendre, um homem magro, ainda jovem. Veste calça e camiseta escura, mas usa tênis branco. Não me vê: espia pela janela do gabinete do Diretor. Abro a janela: ladrão! – grito – pega o ladrão!

O homem se assusta, quer correr; perde o equilíbrio, rola pelo telhado do alpendre, cai no pátio. Levanta-se e sai correndo, mancando. O Diretor também já abriu a janela: ladrão, ladrão! Outras janelas se abrem, outras vozes se juntam ao coro de gritos indignados.

Me dá um súbito entusiasmo: vou pegar o ladrão! Galgo o parapeito da janela, aventuro-me pelo telhado do alpendre: não sou gordo, as telhas aguentam o meu peso. Salto para o pátio.

Enxergo o ladrão, uns cinquenta metros adiante. Não corre: avança com dificuldade, mancando. Mete-se entre as árvores. Sem vacilar, vou atrás. Está escuro, não consigo enxergá-lo.

Ouço um ruído de motor, um chocalhar de ferragens – um carro? – e um grito.

– Aqui, Gatinho!

Mas é Esther! É a minha mãe! E aquele que agora aparece de entre os arbustos, é o tal Gatinho! Iça-se para dentro do jipe. Ela manobra, toma uma aleia, arremete contra o velho portão, põe-no abaixo – e já estão na rua, a Esther e o seu Gatinho. Ouço-lhe os gritos:

– Tu me pagas, Leiser! Me pagas!

Foi sua última tentativa.

Gatinho. Era um homem sensível. Quando subia aos telhados, seus pés apoiavam-se nos pontos certos; nunca quebrou uma telha. Através das solas dos tênis, os artelhos exploravam cuidadosamente cada reentrância, cada saliência. Quanto a fechaduras, era genial. Introduzia uma chave falsa e experimentava-a com os dedos finos e delicados. Os olhos fechados, os lábios movendo-se num sussurro imperceptível, ele estava fazendo perguntas à fechadura e ela estava respondendo; e por fim, com um pequeno estalido, acabava se abrindo.

(*Gatinho*)

Aquela noite, Marcos, foi a minha desgraça. Antes eu não tivesse ouvido a Esther! Eu ia fazer um trabalhinho numa casa em Teresópolis; quis ir de bonde, ainda era muito cedo. Mas ela insistiu em me levar de jipe. No caminho resolveu me mostrar a Faculdade onde tu trabalhas. Foi então que viu o carro do tal Leiser. Quis que eu fosse atrás dele para roubar a pasta. Imagina só: a gente nem sabia se o tal Leiser estava no carro, nem se ele andava de pasta, nem se na pasta estava o tal caderno de capa escura que ela queria!

Mesmo assim, fui. Pulei o muro, me meti entre as árvores. Vi o homem sair do carro, vi ele entrar na Faculdade e subir as escadas para o andar de cima. Aí descobri o alpendre e resolvi dar uma espiada.

O resto tu sabes. Caí, pisei a perna. Estou rengo, não posso mais subir em telhado. Vendo gilete no mercado.

E para Esther não adiantou nada, coitada. Mas, se ela pediu – e eu gosto tanto dela, Marcos – o que é que eu podia fazer?

(*Marcos*)

Nada. Eu não podia fazer mais nada, desde o momento em que as escavadeiras entraram na Vila Santa Luzia. As casinhas foram removidas em caminhões; e as tombadeiras transportavam a terra dali para locais distantes.

No entanto, o condomínio não chegou a ser a obra grandiosa com que o engenheiro Rafael sonhava. O riacho foi canalizado, e algumas casas construídas, mas o projeto foi interrompido. O Deputado Deoclécio, rompendo com Leiser, denunciou irregularidades. Todos os financiamentos foram suspensos, e Leiser teve de fugir para o Paraguai. Voltou, anos depois, velho e pobre, cego. Recolheram-no a um asilo onde ele passa o tempo recordando a doce infância na Europa.

(*Esther*)

Ela e Mêndele, no alto da colina, apascentando as cabras. Ela canta baixinho. Mêndele, deitado, fita o céu, as nuvens no céu. Vem chuva, murmura.

Um cavaleiro se aproxima, pela estrada. Esther põe a mão sobre os olhos, reconhece-o: é o Capitão polonês.

O cavalo vem a passo. Se olham os dois, a menina Esther, sentada na grama, o homem muito teso em seu cavalo. Ele para.

– Menina! Vem cá.

Mêndele murmura, a voz assustada: não vai, Esther, este homem é mau.

– Menina!

Esther põe-se de pé, desce a colina aos pulos, detém-se a uns metros do cavalo. O Capitão fita-a com interesse. És judia? – pergunta. Sou, ela diz; meu nome é Esther.

Esther, ele repete, Esther... Gostas de histórias, Esther? De ouvir histórias?

Ela não tem mais de doze anos, embora aparente quinze ou dezessete. Diz que sim, que gosta de histórias.

Então vem ao castelo comigo, diz o Capitão. Tenho livros de história, livros bonitos... Vais gostar.

Ela hesita. Não vai, murmura Mêndele atrás dela, e toma-lhe a mão.

Traz o teu amigo também, diz o Capitão.

Ela se levanta, num pulo, desce a ravina.

Ágil, sobe na garupa do cavalo. Seguem a trote. Mêndele correndo atrás.

Entram no castelo sob o olhar impassível do guarda. Anoitece. Aves noturnas voejam sobre o pátio interno. Esther deixa-se deslizar do lombo do animal, o Capitão apeia também. Gostas de cavalos? – pergunta a Mêndele. Parece que adivinhou: Mêndele adora cavalos. Pega, diz o Capitão, estendendo-lhe as rédeas, anda quanto quiseres, mas não vai longe. E Esther? – pergunta Mêndele. Ela vai jantar no castelo – diz o Capitão. – Anda, vai, antes que escureça.

Mêndele monta, sai a passo.

O Capitão toma Esther pela mão, sobe com ela as escadas da torre. Acende um lampião; estão numa sala espaçosa, ocupada em toda a sua extensão por prateleiras com livros. É a minha biblioteca, diz o Capitão.

Escolhe um livro ilustrado. Volta-se, sorridente: conheces a história da Pequena Sereia?

Esther não conhece. Só conhece as histórias da Bíblia: a maldição de Sodoma e Gomorra, a história de Jonas.

O Capitão senta numa poltrona, abre o livro, examina-o com interesse e prazer. Levanta a cabeça:

– Vem, senta aqui no meu colo.

Pela segunda vez ela hesita. Mas não há por que ter medo; é bondoso, o sorriso que vê na face do homem. Senta-lhe ao colo. Os cheiros que sente: o cheiro do cavalo, o cheiro de suor – mas também um perfume forte, envolvente – deixam-na estonteada. Uma tontura boa...

Lá onde o oceano é profundo, começa o Capitão, *tão fundo quanto muitas torres de igreja empilhadas, lá vive o povo do mar. E lá vivia a Pequena Sereia, a mais bela das princesinhas daquele Reino. Sua pele era brilhante e pura como pétala de rosa, seus olhos azuis como os lagos profundos; mas como todos naquele povo ela não tinha pés – seu corpo terminava numa cauda de peixe.*

Diante de Esther, o desenho de uma linda moça, sentada sobre uma rocha no mar; o rosto é bonito, os seios perfeitos, o ventre suavemente escavado – mas ali está o rabo escamoso, enroscado na pedra, o rabo nojento.

Ela estremece, aconchega-se mais ao Capitão, os braços dele a enlaçam. De repente, ele a solta, põe-se de pé.

— Ah, maldito! Espião!

Através dos vidros coloridos da janela, olhos os fitam. É Mêndele: subiu pelas trepadeiras que envolvem a torre.

O Capitão corre à janela:

— Volta aqui, judeuzinho! Volta aqui!

Mas Mêndele já sumiu. E Esther agora desce as escadas, corre para a casa.

— O que houve? – pergunta a mãe ao vê-la entrar pálida, ofegante.

Nada, ela diz. Vim correndo, só isto.

Mas naquela noite não consegue dormir. Sente as mãos do Capitão em seus pequenos seios, sente as coxas dele sob suas nádegas. E sente o sexo do homem – dentro dela.

— E a faca que eu tinha escondido? – pergunta, com ar de desafio, a Mêndele. – Ele que tentasse alguma coisa, Mêndele!

Mêndele a olha, não responde. Na semana seguinte, está em mar alto, viajando para a América.

(*Marcos*)

A Faculdade continua ali. Foi reconhecida, meu salário aumentou. Sou chefe de disciplina; ainda dou aulas, mas já não levo os alunos para colher amostras de água no riacho. Aliás, não há mais riacho.

Casei com Elisa. Vivemos bem. Tudo correu exatamente como estava previsto nos *slide*s – exceto quanto ao nosso casamento, ao qual Esther não foi: não me perdoava ter casado com uma *gói*. Mas de resto – os dois filhos, o Fusca, as viagens para Santa

Catarina, o apartamento – tudo aconteceu como devia acontecer. Sofro apenas da maldição dos sedentários – a prisão de ventre. Quanto a Elisa, engordou um pouco. Já não tem aquela expressão faminta, angustiada, no olhar. Está calma. Eu também. Este olho aqui já não procura a

(*Pequena Sereia*)

Onde estará? Imagino que tenha fugido assustada das máquinas que desviaram o curso do riacho; imagino – fantasias – que marinhou água acima, nas cordas de chuva que caíram no dia em que as escavadeiras começaram a trabalhar na Vila; ou imagino – mais realista – que desceu o riacho, o rio, e chegou ao mar. O mar por onde um dia veio, como Esther em seu navio.

(*Esther*)

Aos sábados, Gatinho aparece aqui em casa; vamos juntos visitar Esther no asilo. Minha mulher não gosta que eu ande com um ex-ladrão, mas eu já disse que saio com quem quero – inclusive com Gastão Silva de Carvalho, o Gatinho. Vamos no meu carro, e juntos aguardamos a hora da visita.

Não é tão velha assim, diz a enfermeira, mas está completamente caduca.

É verdade: passa o dia sentada num velho sofá, trauteando canções em iídiche. Não reconhece ninguém. Nem o Leiser, que está no mesmo asilo. O Leiser que usa um antigo terno de casimira, muito remendado; e que, cego, anda de um lado para outro, chamando por ela:

— Esther? Onde é que estás?

Não responde, ela. Sorri. Sentados diante dela, Gatinho e eu nos esforçamos, como a enfermeira recomendou, para achar um assunto que a desperte da apatia. Gatinho conta histórias, lembra a madrugada em que os dois se conheceram. Eu falo da velha Morena, da Vila Santa Luzia, dos três ceguinhos. Não diz nada, mas de repente levanta para mim os olhos cheios de admiração.

— Que homem bonito! Senta aqui, querido. Vamos conversar. Como é o teu nome?

Sento-me ao lado dela. Abraço-a. Põe a cabeça em meu ombro, murmura palavrinhas carinhosas em iídiche, em polonês. Então vem a enfermeira e leva-a para o quarto.

Saímos. O asilo fica num lugar bonito, no alto de um morro. Quando Esther foi trazida para cá, nada havia ao redor. Agora, porém, malocas começam a surgir mais abaixo, junto a um riacho.

Gatinho suspira, aponta as nuvens escuras.

— Vai chover — diz, a voz embargada.

Não se contém: chora. Estas lágrimas que rolam dos seus olhos e que a terra vermelha e poeirenta absorve ávida, completam — de certa maneira — o

(*Ciclo das Águas*)

Sobre o autor

Moacyr Scliar nasceu em Porto Alegre, em 1937. Era o filho mais velho de um casal de imigrantes judeus da Bessarábia (Europa Oriental). Sua mãe incentivou-o a ler desde pequeno: Monteiro Lobato, Erico Verissimo e os livros de aventura estavam entre seus preferidos. Mas foi um presente de aniversário que o despertou para a escrita – uma velha máquina de escrever, onde datilografou suas primeiras histórias. Ao ingressar na faculdade de medicina, começou a escrever para o jornal *Bisturi*. Em 1962, no mesmo ano da formatura na Universidade Federal do Rio Grande do Sul, publicou seu primeiro livro, *Histórias de um médico em formação* (contos). Paralelamente à trajetória na saúde pública – que lhe permitiu conhecer o Brasil nas suas profundezas –, construiu uma consolidada carreira de escritor, cujo marco foi o lançamento, em 1968, com grande repercussão da crítica, de *O carnaval dos animais* (contos).

Autor de mais de oitenta livros, Scliar construiu uma obra rica e vasta, fortemente influenciada pelas experiências de esquerda, pela psicanálise e pela cultura judaica. Sua literatura abrange diversos gêneros, entre ficção, ensaio, crônica e literatura juvenil, com ampla divulgação no Brasil e no exterior, tendo sido traduzida para várias línguas. Seus livros foram adaptados para o cinema, teatro, TV e rádio e receberam várias premiações, entre elas quatro Prêmios Jabuti: em 1988, com *O olho enigmático*, na categoria contos, crônicas e novelas; em 1993, com *Sonhos tropicais*, romance; em 2000, com *A mulher que escreveu a Bíblia*, romance, e em 2009, com *Manual da paixão solitária*, romance. Também foi agraciado com o Prêmio da Associação Paulista de Críticos de Arte (1980) pelo romance *O centauro no jardim*, com o Casa de las Américas (1989) pelo livro de contos *A orelha de Van Gogh* e com três Prêmios Açorianos: em 1996, com *Dicionário do viajante insólito*, crônicas; em 2002, com *O imaginário cotidiano*, crônicas; e, em 2007, com o ensaio *O texto ou: a vida – uma trajetória literária*, na categoria especial.

Pela L&PM Editores, publicou os romances *Mês de cães danados* (1977), *Doutor Miragem* (1978), *Os voluntários* (1979), *O exército de um homem só* (1980), *A guerra no Bom Fim* (1981), *Max e os felinos* (1981), *A festa no castelo* (1982), *O centauro no jardim* (1983), *Os deuses de Raquel* (1983), *A estranha nação de Rafael Mendes* (1983), *Cenas da vida minúscula* (1991), *O ciclo das águas* (1997) e *Uma história farroupilha* (2004); os livros de crônicas *A massagista japonesa* (1984), *Dicionário do viajante insólito* (1995), *Minha mãe não dorme enquanto eu não chegar* (1996) e *Histórias de Porto Alegre* (2004); as coletâneas de ensaios *A condição judaica* (1985) e *Do mágico ao social* (1987), além dos livros de contos *Histórias para (quase) todos os gostos* (1998) e *Pai e filho, filho e pai* (2002), do livro coletivo *Pega pra kaputt!* (1978) e de *Se eu fosse Rothschild* (1993), um conjunto de citações judaicas.

Scliar colaborou com diversos órgãos da imprensa com ensaios e crônicas, foi colunista dos jornais *Folha de S. Paulo* e *Zero Hora* e proferiu palestras no Brasil e no exterior. Entre 1993 e 1997, foi professor visitante na Brown University e na University of Texas, nos Estados Unidos. Em 2003, foi eleito membro da Academia Brasileira de Letras. Faleceu em Porto Alegre, em 2011, aos 73 anos.

Confira entrevista gravada com Moacyr Scliar em 2010 no site www.lpm-webtv.com.br.

Coleção **L&PM** POCKET

1201. **Os sertões** – Euclides da Cunha
1202. **Treze à mesa** – Agatha Christie
1203. **Bíblia** – John Riches
1204. **Anjos** – David Albert Jones
1205. **As tirinhas do Guri de Uruguaiana 1** – Jair Kobe
1206. **Entre aspas (vol.1)** – Fernando Eichenberg
1207. **Escrita** – Andrew Robinson
1208. **O spleen de Paris: pequenos poemas em prosa** – Charles Baudelaire
1209. **Satíricon** – Petrônio
1210. **O avarento** – Molière
1211. **Queimando na água, afogando-se na chama** – Bukowski
1212. **Miscelânea septuagenária: contos e poemas** – Bukowski
1213. **Que filosofar é aprender a morrer e outros ensaios** – Montaigne
1214. **Da amizade e outros ensaios** – Montaigne
1215. **O medo à espreita e outras histórias** – H.P. Lovecraft
1216. **A obra de arte na era de sua reprodutibilidade técnica** – Walter Benjamin
1217. **Sobre a liberdade** – John Stuart Mill
1218. **O segredo de Chimneys** – Agatha Christie
1219. **Morte na rua Hickory** – Agatha Christie
1220. **Ulisses (Mangá)** – James Joyce
1221. **Ateísmo** – Julian Baggini
1222. **Os melhores contos de Katherine Mansfield** – Katherine Mansfied
1223. (31). **Martin Luther King** – Alain Foix
1224. **Millôr Definitivo: uma antologia de *A Bíblia do Caos*** – Millôr Fernandes
1225. **O Clube das Terças-Feiras e outras histórias** – Agatha Christie
1226. **Por que sou tão sábio** – Nietzsche
1227. **Sobre a mentira** – Platão
1228. **Sobre a leitura *seguido do* Depoimento de Céleste Albaret** – Proust
1229. **O homem do terno marrom** – Agatha Christie
1230. (32). **Jimi Hendrix** – Franck Médioni
1231. **Amor e amizade e outras histórias** – Jane Austen
1232. **Lady Susan, Os Watson e Sanditon** – Jane Austen
1233. **Uma breve história da ciência** – William Bynum
1234. **Macunaíma: o herói sem nenhum caráter** – Mário de Andrade
1235. **A máquina do tempo** – H.G. Wells
1236. **O homem invisível** – H.G. Wells
1237. **Os 36 estratagemas: manual secreto da arte da guerra** – Anônimo
1238. **A mina de ouro e outras histórias** – Agatha Christie
1239. **Pic** – Jack Kerouac
1240. **O habitante da escuridão e outros contos** – H.P. Lovecraft
1241. **O chamado de Cthulhu e outros contos** – H.P. Lovecraft
1242. **O melhor de Meu reino por um cavalo!** – Edição de Ivan Pinheiro Machado
1243. **A guerra dos mundos** – H.G. Wells
1244. **O caso da criada perfeita e outras histórias** – Agatha Christie
1245. **Morte por afogamento e outras histórias** – Agatha Christie
1246. **Assassinato no Comitê Central** – Manuel Vázquez Montalbán
1247. **O papai é pop** – Marcos Piangers
1248. **O papai é pop 2** – Marcos Piangers
1249. **A mamãe é rock** – Ana Cardoso
1250. **Paris boêmia** – Dan Franck
1251. **Paris libertária** – Dan Franck
1252. **Paris ocupada** – Dan Franck
1253. **Uma anedota infame** – Dostoiévski
1254. **O último dia de um condenado** – Victor Hugo
1255. **Nem só de caviar vive o homem** – J.M. Simmel
1256. **Amanhã é outro dia** – J.M. Simmel
1257. **Mulherzinhas** – Louisa May Alcott
1258. **Reforma Protestante** – Peter Marshall
1259. **História econômica global** – Robert C. Allen
1260. (33). **Che Guevara** – Alain Foix
1261. **Câncer** – Nicholas James
1262. **Akhenaton** – Agatha Christie
1263. **Aforismos para a sabedoria de vida** – Arthur Schopenhauer
1264. **Uma história do mundo** – David Coimbra
1265. **Ame e não sofra** – Walter Riso
1266. **Desapegue-se!** – Walter Riso
1267. **Os Sousa: Uma família do barulho** – Mauricio de Sousa
1268. **Nico Demo: O rei da travessura** – Mauricio de Sousa
1269. **Testemunha de acusação e outras peças** – Agatha Christie
1270. (34). **Dostoiévski** – Virgil Tanase
1271. **O melhor de Hagar 8** – Dik Browne
1272. **O melhor de Hagar 9** – Dik Browne
1273. **O melhor de Hagar 10** – Dik e Chris Browne
1274. **Considerações sobre o governo representativo** – John Stuart Mill
1275. **O homem Moisés e a religião monoteísta** – Freud

1276. **Inibição, sintoma e medo** – Freud
1277. **Além do princípio de prazer** – Freud
1278. **O direito de dizer não!** – Walter Riso
1279. **A arte de ser flexível** – Walter Riso
1280. **Casados e descasados** – August Strindberg
1281. **Da Terra à Lua** – Júlio Verne
1282. **Minhas galerias e meus pintores** – Kahnweiler
1283. **A arte do romance** – Virginia Woolf
1284. **Teatro completo v. 1: As aves da noite** *seguido de* **O visitante** – Hilda Hilst
1285. **Teatro completo v. 2: O verdugo** *seguido de* **A morte do patriarca** – Hilda Hilst
1286. **Teatro completo v. 3: O rato no muro** *seguido de* **Auto da barca de Camiri** – Hilda Hilst
1287. **Teatro completo v. 4: A empresa** *seguido de* **O novo sistema** – Hilda Hilst
1289. **Fora de mim** – Martha Medeiros
1290. **Divã** – Martha Medeiros
1291. **Sobre a genealogia da moral: um escrito polêmico** – Nietzsche
1292. **A consciência de Zeno** – Italo Svevo
1293. **Células-tronco** – Jonathan Slack
1294. **O fim do ciúme e outros contos** – Proust
1295. **A jangada** – Júlio Verne
1296. **A ilha do dr. Moreau** – H.G. Wells
1297. **Ninho de fidalgos** – Ivan Turguêniev
1298. **Jane Eyre** – Charlotte Brontë
1299. **Sobre gatos** – Bukowski
1300. **Sobre o amor** – Bukowski
1301. **Escrever para não enlouquecer** – Bukowski
1302. **222 receitas** – J. A. Pinheiro Machado
1303. **Reinações de Narizinho** – Monteiro Lobato
1304. **O Saci** – Monteiro Lobato
1305. **Memórias da Emília** – Monteiro Lobato
1306. **O Picapau Amarelo** – Monteiro Lobato
1307. **A reforma da Natureza** – Monteiro Lobato
1308. **Fábulas** *seguido de* **Histórias diversas** – Monteiro Lobato
1309. **Aventuras de Hans Staden** – Monteiro Lobato
1310. **Peter Pan** – Monteiro Lobato
1311. **Dom Quixote das crianças** – Monteiro Lobato
1312. **O Minotauro** – Monteiro Lobato
1313. **Um quarto só seu** – Virginia Woolf
1314. **Sonetos** – Shakespeare
1315. (35). **Thoreau** – Marie Berthoumieu e Laura El Makki
1316. **Teoria da arte** – Cynthia Freeland
1317. **A arte da prudência** – Baltasar Gracián
1318. **O louco** *seguido de* **Areia e espuma** – Khalil Gibran
1319. **O profeta** *seguido de* **O jardim do profeta** – Khalil Gibran
1320. **Jesus, o Filho do Homem** – Khalil Gibran
1321. **A luta** – Norman Mailer
1322. **Sobre o sofrimento do mundo e outros ensaios** – Schopenhauer
1323. **Epidemiologia** – Rodolfo Sacacci
1324. **Japão moderno** – Christopher Goto-Jones
1325. **A arte da meditação** – Matthieu Ricard
1326. **O adversário secreto** – Agatha Christie
1327. **Pollyanna** – Eleanor H. Porter
1328. **Espelhos** – Eduardo Galeano
1329. **A Vênus das peles** – Sacher-Masoch
1330. **O 18 de brumário de Luís Bonaparte** – Karl Marx
1331. **Um jogo para os vivos** – Patricia Highsmith
1332. **A tristeza pode esperar** – J.J. Camargo
1333. **Vinte poemas de amor e uma canção desesperada** – Pablo Neruda
1334. **Judaísmo** – Norman Solomon
1335. **Esquizofrenia** – Christopher Frith & Eve Johnstone
1336. **Seis personagens em busca de um autor** – Luigi Pirandello
1337. **A Fazenda dos Animais** – George Orwell
1338. **1984** – George Orwell
1339. **Ubu Rei** – Alfred Jarry
1340. **Sobre bêbados e bebidas** – Bukowski
1341. **Tempestade para os vivos e para os mortos** – Bukowski
1342. **Complicado** – Natsume Ono
1343. **Sobre o livre-arbítrio** – Schopenhauer
1344. **Uma breve história da literatura** – John Sutherland
1345. **Você fica tão sozinho às vezes que até faz sentido** – Bukowski
1346. **Um apartamento em Paris** – Guillaume Musso
1347. **Receitas fáceis e saborosas** – José Antonio Pinheiro Machado
1348. **Por que engordamos** – Gary Taubes
1349. **A fabulosa história do hospital** – Jean-Noël Fabiani
1350. **Voo noturno** *seguido de* **Terra dos homens** – Antoine de Saint-Exupéry
1351. **Doutor Sax** – Jack Kerouac
1352. **O livro do Tao e da virtude** – Lao-Tsé
1353. **Pista negra** – Antonio Manzini
1354. **A chave de vidro** – Dashiell Hammett
1355. **Martin Eden** – Jack London
1356. **Já te disse adeus, e agora, como te esqueço?** – Walter Riso
1357. **A viagem do descobrimento** – Eduardo Bueno
1358. **Náufragos, traficantes e degredados** – Eduardo Bueno
1359. **O retrato do Brasil** – Paulo Prado
1360. **Maravilhosamente imperfeito, escandalosamente feliz** – Walter Riso

lepmeditores
www.lpm.com.br
o site que conta tudo

IMPRESSÃO:

PALLOTTI
GRÁFICA

Santa Maria - RS | Fone: (55) 3220.4500
www.graficapallotti.com.br